母性光辉

［美］琳达·哈里森·哈彻　著

周士博　译

北京出版集团

北京出版社

图书在版编目（CIP）数据

母性光辉 / （美）琳达·哈里森·哈彻著 ；周士博译. — 北京 ：北京出版社，2021.3
ISBN 978-7-200-16099-4

Ⅰ. ①母… Ⅱ. ①琳… ②周… Ⅲ. ①回忆录 — 美国 — 现代 Ⅳ. ① I712.55

中国版本图书馆CIP数据核字（2021）第 024504 号

母性光辉
MUXING GUANGHUI

[美] 琳达·哈里森·哈彻 著

周士博 译

*

北 京 出 版 集 团
北 京 出 版 社 出版

（北京北三环中路 6 号）
邮政编码：100120

网 址：www.bph.com.cn

北 京 出 版 集 团 总 发 行
新 华 书 店 经 销
北京建宏印刷有限公司印刷

*

135 毫米 ×210 毫米 8.25 印张 192 千字
2021 年 3 月第 1 版 2021 年 3 月第 1 次印刷
ISBN 978-7-200-16099-4

定价：49.00 元

如有印装质量问题，由本社负责调换
质量监督电话：010-58572393

"与毒瘾的斗争是一场耗费整个家庭的持久战。《母性光辉》以机智和优雅的方式探索了瘾君子的父母所面临的双重挑战，因为他们常常不得不承担起父母和专家的双重角色。"

——罗兹·沃特金斯
约翰·亨利·沃特金斯基金会主席

"这个原创、诚实、感人的故事是献给所有无条件爱着自己孩子的家长的。我发现自己被书中的文字深深迷住了，时而笑，时而哭，时而目瞪口呆。琳达·哈里森·哈彻欣然敞开心扉，毫无疑问，这个故事也能触动你的心扉。"

——卡罗尔·维格
试读者

"父母在帮助子女摆脱毒瘾的过程中发挥着至关重要的作用。事实上，他们的行为可以带来天壤之别。过去三十年间，我曾与许多家庭携手，带领他们的孩子渡过这些"危险的水域"，现在我毫无保留地推荐《母性光辉》这本书。我从未见过有人可以像琳达·哈里森·哈彻那样，用引人注目的个性化方式来阐述这个主题。"

——安·海斯
调查管理集团总裁

献给

萨姆、夏洛特和斯图尔特

序

　　尽管琳达·哈里森·哈彻只会用两个手指头打字，但是自她下定决心开始写书的那一刻起，就没有任何困难能妨碍她完成这项计划。琳达创作了一个非常诚实，却又充满智慧和幽默的故事。我为自己所做的贡献感到自豪。但是，有一件事情我必须说清楚——琳达完全依靠她自己的力量将梦想变成了现实。

　　她从一开始就以意识流的方式讲起了故事。我一边敲着键盘，记录下她所说的每一个字，一边提出问题，进行引导。逐渐地，我在她的故事中看到了自己的影子。与琳达一样，我也曾为儿子焦急、苦恼、羞愧、自责，也曾因为他吸食毒品而感到困惑与无助。我完全能够感同身受。而且，我碰巧知道，成千上万的女性与我们有着类似的经历。她们发现——或者即将发现——自己面临着相同的处境。这不仅是琳达与她的儿子萨姆的故事。琳达碰触到了母亲们的痛处，尽管几乎没有哪位母亲愿意承认它的存在。

　　琳达的故事质朴无华，偶尔直言不讳，没有半句假话。她和"书友会"的女性向母亲们保证：你不是一个人在战斗，你并不孤单。

　　当耄耋之年的母亲在读完几章之后，抬头对我说"这就是我的故事"时，我很清楚，琳达成功了。父亲去世前，母亲整整照顾了他十年。因此，她意识到，如果照顾所爱之人的压力快要将你淹没，那么将自己救上岸就是一件十分紧迫的事情。

如果你正因为孩子焦虑不已，这本书就非常适合你。如果你在故事中发现了某位朋友的身影，你一定想将这本书塞到他的手里。你可以在淋达的故事中看到自己，遇见志趣相投的人，找到明智的建议并且摆脱评价。你不会溺水，相反，你可以找到为你提供浮力的救生圈，直至最终学会游泳。

康斯坦斯·科斯塔斯

弗吉尼亚州里士满的作家兼编辑

引言

1986 年 1 月，我的第一个孩子萨姆出生了。我抱着他，流下了感激的泪水。与许多当了妈妈的女性一样，母亲的神圣使命令我惊叹。

二十多年后，当我的儿子沉迷于海洛因而无法自拔的时候，我不得不求助于教堂地下室互助小组和私人心理咨询。但是，当与我处境相同的女性逐一走出阴影，坦承自己的痛苦时，我才找到了真正的安慰。我们成立了一个代号为"书友会"的地下联盟。我们一起共渡难关。我们以诙谐、谦逊的方式践行了"爱与放手"这个尖锐的悖论。

我在各大书店的书架上寻找以母亲照顾吸毒子女为主题的书籍，结果一无所获。我询问戒毒专家比尔·马厄，为什么很少有母亲将她们的经历写成书出版。他用了一个词来回答：羞耻。

一些朋友就我公开自己的丑事是否明智一事展开过讨论。无数次，我几乎失去了勇气。但这本书是写给隐形的毒瘾受害者——因青少年吸毒现象普遍化而陷入困境的父母。美国有二点六亿瘾君子，五千二百万父母正在经历这段绝望的旅程。我觉得我有责任击碎她们遭受的指责与耻辱。因此，如果必须这么做的话，我会把我的丑事从这里一直晒到加利福尼亚州。与她们一样，我们家也在不可能的情况下尽了自己最大的努力。我们犯过错。我们应付过去了。

书中所讲述的事件发生在 1986 年至 2016 年。我尽可能诚实地讲述我的故事。但是为了保护我的家人和朋友的隐私，我在书中使用了化名，并且打乱了他们出现的场景。同时，我还将"书友会"成员糅合在一起，重新塑造出复合的角色，以便反映照顾吸毒子女的各种经历。尽管如此，书中的所有事件都是真实的。

　　这是一个另类的故事，讲述了我是如何在负面事件中找到恩典的。是的，这是一个关于瘾君子的故事，它所描述的家庭挑战具有普遍性。最重要的是，这个故事告诉我们：父母对孩子最好的爱，是学会放手！

目／录

第一章　探视

　　我第一次去探监的时候，儿子被关在离家只有一个小时车程的监狱里。我隔着探监室厚厚的有机玻璃隔断，看见坐在对面被拷上手铐、眼神空荡荡的萨姆，他的身后直立着一位膀阔腰圆的狱警。我的喉咙仿佛被人扼住了一般。恶心，想吐，我感觉自己快要晕过去了。冰冷的手铐。这双手曾学过系鞋带，破过血口子，也戴过红色连指手套。一幅幅画面在我的脑海中浮现。我记得，当时我必须紧紧抓着椅子扶手才能稳住心神，唇上冒出密密的汗珠，心里一阵刺痛。

　　壁挂式电话的话筒被之前无数个探视人的唾液和汗液弄得污秽不堪。然而，它却是我和亲爱的儿子联系的唯一渠道。一想到儿子小时候伏在我的耳边说悄悄话，而现在却坐在这里，我心如刀绞。作为他的母亲，我希望这一生再也不要经历这样的一幕。

　　今天，我将前往一千六百英里①之外的科罗拉多州亚

---

① 一英里约为 1.609 千米。

当斯县，再次拿起话筒。在半个小时的会面时间里，我可以看见萨姆的数字影像。为了见到他，我走过的每一英里，付出的每一分钟都是值得的。

———

通往布莱顿的道路不时会出现一些几近 180 度的发夹弯。每次经过这些急弯的时候，苏珊都会减速降挡。随着车速在引擎的轰鸣声中渐渐减缓，她开始专注地盯着前方的道路，眉头皱成一团。我坐在副驾驶座上暗暗感谢上苍赐予了我一位家住落基山脉的朋友。她可以轻松驶过这些山路，连眼皮都不眨一下。

"可怜之人必有可恨之处吗？"我看着前方平坦延伸的道路问道，"或者又爱又恨？"

苏珊是一名儿童精神科医生，拥有抱怨与发脾气等研究领域的高级学位。这倒省事了，我想，因为我觉得自己现在就处于这种情绪之中。"有一个专业的临床术语，卢琳达，"我的老朋友冲我挤挤眼，突然喊起了我大学时代的绰号，"这叫作混合情绪。"

一个月前，当我拿起电话听筒的时候，却听到了预录电话的声音。科罗拉多州布莱顿亚当斯县监狱通知我，我的儿子萨姆可以见探视者。我的心沉了下去。

"我不知道应该先做些什么。"我从包里抽出打印好的说明，大为恼火，"拥抱他？还是拍他的脑袋？""都不是。"苏珊温柔地提醒我。可这并不能打消我的冲动。

到二十一岁的时候，萨姆已经进过几次监狱了，所以我知道该怎么做。挂了电话之后,我坐在厨房的柜台前,下载探监申请书,上传照片,输入我的社保号码。申请批准之前,劳教局会首先调查我的背景。

犯人每月只能在预定的日子里见三名探访者,而且探访时间极其短暂。申请提交五天之后,另一通预录电话通知了我探视的日期和时间。要么接受,要么放弃,这条信息带着嘲弄的口吻说道。与此同时,他们也有可能一时兴起将萨姆转去另一家监狱。去亚当斯县监狱简直就是一种盲目的信仰。

我买了一张机票,然后拨通了苏珊的电话。放眼整个科罗拉多州,只有她能够理解我。"哦,亲爱的!"当我告诉她这个消息时,她哭了,"我要怎样才能帮到你?"

"祈祷吧,"我说,"我没时间去看望你,但是我能在见过他之后打电话给你吗?我可能需要听听你的声音。知道我在你的地盘上可能会让我不那么难受。"

我在机场一家酒店订了房间,但是苏珊没有听说过这家酒店。她执意来丹佛机场的到达区接我。"现在到我的地盘了,"她一边说,一边把我的行李袋扔进她那辆雪佛兰泰虎的后备厢,"砰"的一声关上后备厢盖,"就这么定了。"

苏珊和她的丈夫伯克平日在丹佛上班,周末则会回到位于冬季公园的别墅居住。我很羡慕她红润的脸庞,西部人有着放松的心态和天生的巴塔哥尼亚时尚感。离开里士满时,我随手抓了一件羊毛大衣,这件衣服就像东海岸人一样刻板。随后,我的脑海中又浮现出萨姆穿着宽松的橙色囚服时的模样。我到底是怎么了？

科罗拉多州夜幕降临，可我的手表却已经显示是晚上九点半。我觉得筋疲力尽。

萨姆的故事一言难尽，我在路上简要地和苏珊说了他的情况。他每周或者隔周都会给我打一次电话，经常去各地听音乐会，开车往往需要穿过两个州才能到达目的地。他哪儿来的钱买票和加油？他从来没提过工作的事。我怀疑他在售卖违禁物品，并把我的想法告诉了他。他否认了，但是即便我们之间隔着六个州，我也十分清楚，他已经被一张结实并且黏糊糊的绳网缠住了。

确认方向的时候，我发现高速公路边有一栋低矮的砖房。"就在那儿。"我指着前方的出口标志，"从这里下高速。"

经过铁丝网，驶入玻璃门时，恐惧攥住了我的心，胆汁反流，我的喉咙就像火烧一般。我去排队，苏珊则径直走向等候室，给我们俩找到了座位。

登记处的警官皱着眉头看了看我的弗吉尼亚州驾照。我屏住呼吸，看着她的手指一一划过探视名单上的姓名，然后停下来轻轻敲了两下。"三号监视器，八点三十七分，"她咕哝着，示意我去大厅对面，"在那儿等着，会有人叫你的。"

我一生中做过的最糟糕的事情就是在十四岁的时候开着妈妈的旅行车在街区转悠。我在教堂做志愿者，会写感谢信，除非忍无可忍，不然从不说脏话。结果我们走到了今天这个地步。

那天早上，一辆载着十几棵根部裹着粗麻布的韩国黄杨木的卡车将准时抵达我们位于弗吉尼亚州的家中。我和丈夫罗伯特花了三年时间设计并建造了我们的木瓦石屋，我很兴奋地监督着最后的收尾工作。这栋房子坐落在一片空地上，前面就是一间历史悠久的砖石谷仓和围场，距离里士满市区十二英里，而亚当斯县就仿佛位于银河系的另一端。对我来说，这个项目就是一种解脱，我很高兴能有一件事可以让我不再想起萨姆吸毒的事情与法律问题。

我从小花园的设计项目中挖掘出一项利基业务：家庭菜园、泳池边的盆栽、窗台花箱和庭院植物。令人欣慰的是，这趟科罗拉多州之行只中断了我家里的安装工程。我要怎么跟客户解释我去探监的理由？我甚至无法向自己解释。

我的邻居安妮也是一名景观设计师，她答应帮我应付卡车及工作人员。几个月来，我们一直在合作完成我们的地基平面图。接到亚当斯县监狱电话的那一天，我去找她商量。尽管我很信任安妮，但是告诉她萨姆又被送进了监狱，我还是觉得有些难为情。她静静地听着，没有好奇地打探细节或是对此评头论足，我狂跳的心渐渐平静下来。

"琳达，你要我怎么做，我就怎么做。"她主动说道，我知道她是认真的。

我和安妮已经相识十五年了。我已经记不清有多少次，她的友谊像是一条盖在我肩上的毯子，为我提供温暖。她也经历过艰难的时期，我们的后门永远都是相互敞开的。搬到罗斯林路后，当听说后面一家人有一对三岁的双胞胎女孩，和我的小女儿夏洛特一样大时，我兴奋极了。孩子们日益熟络，我和安妮的友谊也越来越深厚。

美好的友谊。飞机一着陆，手机里就跳出了安妮发来的短信：那些人刚走。迫不及待地想让你看看我们的设计变成现实之后的样子。

———

我的思绪又转回到等候室，这里就像是一个公共汽车站。一台老旧的电视机斜挂在墙上，画面闪个不停。底下是芥末色的椅子和污渍斑斑的油地毡。一群最大不超过九岁的孩子在玩抢凳子的游戏，一边扭动身体，一边嘴里念念有词。他们的母亲面色铁青，目光呆滞地坐着。一个穿着迷彩夹克的男子瘫坐在出口标志附近，身上散发着残留的烟味，神情沮丧，一副听天由命的样子。房间外面，一个女孩一边嚼着口香糖来回踱步，一边用手机打电话，弯弯的红色手指甲刺破了夜晚寒冷的空气。

我在苏珊身旁坐下，她拱起手，附在我耳边小声说道："你觉得为什么要用螺栓把椅子固定在地上？这样就不能把它们当作武器扔出去了？"我笑了，幸好我有一个愿意缓和紧张气氛的朋友。

我在心里将那些令人不安的场景一一过了一遍，真希望也能用螺丝把它们固定住。在从里士满到这里的航班上，我想到了所有可能出现的不幸。

要是记错了时间怎么办？

我们会不会找不到这家监狱？

探视名单上会不会没有我的名字？

探视时间变了该怎么办?

因为萨姆面临三个县的指控,我有些希望登记处的警官告诉我,萨姆已经转去了另一个辖区,我和苏珊白跑一趟。

"我告诉萨姆,他需要洗心革面,走上正道,否则就只有三种下场。"我伸出手指加以强调。

"一是最终吸食过量;二是进监狱;三是在毒品交易中吃亏,警察会在垃圾箱里找到他的尸体。"被人剁成块儿,塞在绿色的垃圾袋里,这些我没有说出口。突然浮现的这些想法让我觉得恶心。"他不听。吃惊吧?"

苏珊轻轻摇了摇头,没有说话。有人倾诉的感觉真好。

——

没有人梦想成为毒贩。萨姆在八年级时第一次喝酒。但是与大多数青少年不同,他对酒精并不感兴趣,而是染上了毒品。最终,他从吸食大麻,到使用镇痛药,再到沉迷海洛因。

后来我才知道,上高中时,我那相貌英俊、魅力四射、天生擅长推销的萨姆毒品生意做得"相当成功"。大多数毒贩开始贩毒时只是为了满足自己吸毒的需要。他们觉得自己都是小人物。能有什么坏处?很快,人脉越来越广,客户越来越多,生意越做越大,利润率也越来越高。因此,时薪十美元的稳定工作对他们失去了吸引力。

我靠在苏珊身上,在嘈杂的等候室低声梳理着故事的主线。"萨姆在一封信里做出了解释。一天下午,他在步行去商店的路上被两名缉毒人员拦了下来。他们直呼他的名字，请他去警察局坐坐。"即便不用水晶球占卜，也知道会有这么一天。被人供出来是这一行的职业风险，萨姆的"免罪金牌"已经用完了。"现在，他有可能被判四个月或是四年的监禁。我们不清楚。但是判决之前，他会一直被关在这里。他的爸爸请过很多律师，也交过很多次保释金。现在，就连他爸也跟萨姆划清了界限。所以萨姆现在没有辩护人。"

一位不满十八岁的年轻妈妈正在安抚号啕大哭的婴儿。我不禁看了一眼墙上的钟，八点三十四分。

"祝我好运吧。"我站起身，伸了个懒腰。苏珊拍了拍我的胳膊："该上场了。"

我扫了一眼三号监视器的空白屏幕，然后坐在塑料椅子上等待蓝光亮起。八点三十七分，屏幕上会出现萨姆的脸，我们有三十分钟的通话时间。

还有两分钟。

倒计时。

屏幕亮了。萨姆正在微笑。见到我时，那双棕色的眼睛顿时亮了起来，我的怒气突然便消失了。

"嗨，宝贝！"

我脑海里闪现出他小时候的画面：穿着褪色的工装裤，口袋里塞满沙子、石头和皱巴巴的泡泡糖漫画。

"嗨，妈妈！"

第二章　毛茸茸的小妖怪

　　我还是婴儿的时候，妈妈会在后院的地上铺上一床拼布床罩，把我扔在上面之后开始在晾衣绳上挂白色床单。根据她的回忆，我不喜欢草地，于是只在她脚边这一块小天地里满足地爬来爬去。我从小就是个守规矩的人。

　　萨姆一岁前，我一厢情愿且坚定地认为我们四个人组成了有史以来最好的家庭游戏小组。我简直不敢相信自己的运气居然这么好：内尔、卡梅伦和拉尼尔三位好友以及她们漂亮的孩子都已经准备好社交了。

　　第一次轮到我组织聚会时，我精心摆放了动物饼干和苹果汁。然后，我借鉴妈妈的做法，在地上铺了一块超大的棉毯作为游戏区。我试着把萨姆放在毯子上，他冒出了别的念头。棉毯的缎面滚边很诱人，十分适合将边界向外拓展。他迅速爬了出去，开始探索外面的世界。

　　没有人梦想抚养一个瘾君子。

　　自从中学时代替福勒一家照看小孩以来，我一直就想要成为一位母亲。这种渴望越来越强烈，我祈祷有一天，上天会赐给我一个我自己的孩子。我听神职人员谈论过他们的使命。对我来说，生儿育女就是我的使命。

我和萨姆的父亲斯图尔特都忙着立业，并且计划买下我们的第一栋房子。我们没怎么谈论孩子的事情。我刚刚大学毕业，在一家律师事务所担任招聘协调员。起初我以为自己只是因为初入职场的压力才会觉得头晕恶心，但是这种恶心感始终没有减退，于是我带着从药店买来的验孕棒，跑进与我的办公室隔了两层楼的卫生间。验孕棒上的两道红线证实了那时我心中的期盼。

三个月来，我一直重复着晨吐、坐电梯、喝薄荷味无醇饮料、偷瞄镜子擦去下巴上的口水的生活。即便一天连吐四回，我也欣喜若狂。突然，在妊娠晚期的一个下午，我的血压开始飙升，并且因为毒血症住进了医院。

我仍然记得，第二天晚上六点二十五分，萨姆出生了，斯图尔特快乐的心情溢满了整间病房。刚刚过去的二十四小时令人精疲力竭，但幸运的是，萨姆只比预产期提前一周来到了这个世界。我记得他平静地在我的臂弯里打盹，他纯净的气味萦绕在我的鼻尖——上帝啊，要是能把那种味道装进瓶子里该有多好！那一刻，我给丈夫送了一份他最想要的礼物——未来的四分卫或曲棍球运动员。

可以说，我们在看到萨姆的第一眼就爱上了这个小家伙。

萨姆的背部和前额覆盖着只有部分新生儿才有的深色绒毛。医学术语叫胎毛。尽管第一眼看他觉得他浑身毛茸茸的，但是毫无疑问，在这位荷尔蒙飙升、睡眠不足并且近视的新手妈妈眼里——我敢肯定医院里的所有人也都发现了——他一定是这世界上最漂亮的男婴。

"他是一只毛茸茸的小妖怪！"斯图尔特笑着说。

我的心里满是感激，眼泪不由自主地落下来，随后便开始断断续续地抽泣，最后几乎哭得喘不过气来。我的奶水很充足。萨姆大口大口地快速吞咽，因此只要他一吃饱，就会吐得满屋子都是。我们俩都连着吐了好几个月，在护士玛乔丽的建议下，我改用可内套一次性塑料奶袋的圆柱形瓶子。"把多余的空气挤干净。"她在电话里耐心指导。当时我并不知道，玛乔丽会在接下来的十八年里一直给予我帮助。

我回头从早期的生活中寻找线索。现在，他已经褪去了桃子般的绒毛，从头到脚皮肤光滑如玉。萨姆和我断断续续地养成了一种习惯。萨姆是一个敏感的婴儿，他充分接受视觉和听觉信息的速度比我认识的所有人都要快。我在他的婴儿床里另外放了一个奶嘴，我们把它叫作"大力水手"。我时不时会在晚上把他从婴儿床里抱起来，踮着脚下楼。

我抱着他坐在家里的沙发上看《芝麻街》（*Sesame Street*）。在节目变换的彩色光芒中，我们建立起了无法割裂的纽带。他依偎在我的肚子上，我揉着他小小的后背。他目不转睛地盯着电视中的角色，眼睛睁得像茶碟那样大，两手各攥一个奶嘴，嘴里还咬着一个，伴随着我们的呼吸，发出有节奏的吱吱声。

两年之后，他的睡眠时间渐渐稳定起来。在这幸福的两年间，凌晨时分一直属于我们俩：母亲与儿子。其他什么都不重要。

十几岁的时候，萨姆的长相变得更帅气、更精致了。他的情绪越来越混乱。疼痛让他觉得难以忍受。那些算是症状吗？我还试图在家谱中寻找遗传的线索。它们一定藏在家族的某个分支中。

我们会安抚哭闹的婴儿，但是他们必须在成长的过程中学会安抚他们自己。幸运儿们在音乐或跑步中找到了慰藉，他们也会歪歪斜斜地写下几首诗或是向朋友倾诉。

但是，不幸的人呢？那些被世间的嘈杂混乱所淹没的人呢？那些缺乏相应的内部机制去开辟内心平和之地的人呢？警笛在召唤他们。他们偶然发现了类似按摩浴缸一样让人上瘾的化学物质。

那感觉真好。

至少暂时如此。

第三章　见鬼的全职工作

"我想没必要问你现在好不好吧。"萨姆抬起疲惫的巧克力色眼睛看着我，"很抱歉让你跑到这么远的地方来。"我看得出来，这是他的真心话，"但是，呃，看到你我很高兴。"

他不知道我有多难过。那个带着寒意的初春的夜晚，当星星爬上科罗拉多州的夜幕时，我心中的悲伤夹杂了一丝安慰：蹲监狱也有好处，至少在接下来的几个月或是几年里，我知道他在哪儿。

"我现在戒了毒，感觉好多了。感谢上帝，一切都过去了。"

他怎么能这么乐观？换作是我，早就蜷成一团，缩在角落发抖了。他却能泰然处之。如果你去监狱探视孩子，你会对他说些什么？里面伙食怎么样？喜欢同屋的狱友吗？有娱乐设施和篮球场吗？

戒毒的过程很痛苦。你会觉得头晕得厉害，前一分钟还呕吐不止，下一分钟就大汗淋漓、浑身发抖。监狱里没有隐私。你和另一名囚犯关在同一个狭小的空间里，共用一个不锈钢马桶，说不定他也在戒毒。

尽管如此，萨姆看起来还是比我想象中要好。这一点遗传自他的父亲。即便斯图尔特穿着黑袜子和百慕大短裤在院子里除草，T恤完全被汗水浸湿，也依然能够在附近女性的心中掀起阵阵兴奋之情。

"他们给了我一些缓解焦虑的东西。虽然效果不怎么样，但聊胜于无。"

对于一个前途未卜的人来说，萨姆的身上有一种平静的顺从。我很想抓住他，一边摇晃他的身体，一边大声尖叫：你知不知道你要在一间该死的牢房里关四年？我打量着他的脸。我的心里仿佛有两个小人儿在打架。一个小人儿很想提醒他我父母曾在我耳边重复过无数次的话：跟狗一起睡会招来一身虱。而另一个小人儿则想让我撒手不管。可是萨姆对我的影响太大了。不管是因为基因、母性的本能还是仅仅因为疯狂、盲目的爱，他永远都是我的宝贝儿子。

萨姆停了下来，伸手指着屏幕顶部的一处。"妈妈，你得看红灯。"监视器里安装了摄像头。我们的谈话全都会被录下来，因此我们没有信口开河，而且我们尽量使谈话显得轻松愉快。

"莉莉怎么样了？"

萨姆喜欢狗，就像我喜欢植物。

"我已经想她了。她在斯科特家。他家有她的食物，她的板条箱和她需要的一切。莉莉也喜欢他家的狗。"

我真正想问的是接下来怎么办？你要在这个水泥牢笼里待多久？我想弄清楚这个案子，但我依然在聊狗、食物和新朋友。其他囚犯正在萨姆身后转来转去，就像健身房里的人一般。

三十分钟转瞬即逝。从收拾行李、接受背景调查，到找安妮替我照看景观设计、购买昂贵的机票，再到我大学的朋友专门为此调班，我们花了大量时间只是为了这半个小时隔着玻璃的探视，原本这完全可以通过Skype来实现。

我愿意立刻从头再来一次。

我告诉萨姆我爱他并祈祷这能够成为他生命中的一个转折点。这是一段集中治疗的时光，哪怕是在监狱里，他也可以做到开诚布公、坦诚相见，不断地自我反省。如果他想为自己的未来描绘一幅崭新的蓝图，就必须这么做。我没有时间长篇大论地训斥他。一分钟鼓舞人心的话应该就够了。

探视结束之后，我心中的许多问题依然没有找到答案。我渴望能够摸一摸这个一直让我伤心的孩子。拥抱可以给我安慰。对他来说，也是如此。我看得出来。

可是，监视器的屏幕暗了下来。他英俊的脸庞消失了。不知道什么时候才能再见到他，或者说在哪里能够见到他。他的案子还不明朗。在这段宝贵的时光里，他的童年好友们会进大学攻读学位，而他却会被关在这样的一个地方。唯一一个能让这段时间变得有意义的人是萨姆。他能够明白吗？

一到家，我就把我的想法整理成了一封信：

利用这段时间自学。尽可能阅读不同主题的书籍，成为一两个领域的专家。你也许会发现自己居然还有这些兴趣和天赋。只有完全坦白才能康复与恢复。完全坦白，不要保留。你不可能光靠自己完成这件事，与监狱里的心理学家密切合作十分重要。支持与坚持是其中的关键。萨姆，这需要你付出很大的努力。我会永远支持你。

我和苏珊回到丹佛，去了她最喜欢的中国餐馆吃饺子。服务员从厨房端来饺子的时候，我正试图弄清楚萨姆的状况。

"这些年来，他失去了对他来说有意义的所有特权，很显然，这不是我们拒绝他的要求或限制他的行动那么简单。"我说，"这不是他能够解决的问题。我解决不了。我们都无能为力。"

这次探视让苏珊感到十分震惊，尽管她试图将这种情绪隐藏起来。"想想他是怎么过的，"我一边激动地挥舞着筷子，一边飞快地说道，"凌晨四点半吃早饭，十点二十分吃午饭？两个人挤在一间五英尺① 乘八英尺的牢房里？带魔术扣的鞋子？"

苏珊从桌子另一边伸出手，紧紧握住我的手。这个动作太温暖了，一直强忍着的泪水终于喷涌而出。她拿起一个蛋卷，顿了一下才咬了下去。"你还好吗，卢琳达？"

"不太好。差不多六年前，我去监狱探视过一次。所以，我以为今天我已经做好了准备。可是我觉得糟透了。天哪！苏珊，这是我的那个小男孩。小时候，我还给他穿

---

① 一英尺约为 0.3 米。

过弗洛伦斯·艾斯曼牌的连体裤和小圆领的衣服。今晚，我睡在你家的客房，盖着六百针的床品，而他只能躺在牢房里的铁床上。那是个难以挣脱的牢笼。"

我们一言不发地坐着，静静回味这一切。

———

丹佛机场候机大厅的屋顶是由几排帐篷杆支撑的一大片白色帆布帐篷群。当地人坚持认为，这片屋顶看起来像是一座白雪覆盖的山脉。但是当苏珊开车前往机场的时候，我不禁想到了加拿大黄刀极光村，在那里，游客们可以在因纽特人的帐篷中休憩。

到底是谁想到了这个绝妙的主意，搭起一群超大号帐篷，把它叫作机场候机大厅？这是什么鬼？不知道萨姆下一次购买的会不会是回家的机票？

到了出发区，苏珊从驾驶座上跳下来，匆匆绕到路边，示意我放下行李。

"软弱一些！"她一边说，一边给了我一个大大的拥抱。

"软弱？"我一边问一边眯着眼睛回头看。

"我是认真的，卢琳达。因为软弱，我们才会寻求帮助。有人喜欢用脆弱这个词。可是你之所以会给我打电话，就是因为你很软弱。软弱可以帮助你逐渐变得宽厚和优雅。坚强太难了。上周日我在教堂做礼拜的时候听到了这段话，立刻就想到了你。亲爱的，就像现在这样软弱一些吧。到家之后记得给我打电话。"

她搂了搂我的肩膀，转身上车并关上了车门。我早就把她当成了自己的偶像，但就在那一刻，她的头顶仿佛出现了一圈光环，四周响起纯粹、和谐且充满感激的"哈利路亚"的合唱。我何德何能，居然有朋友愿意陪我在亚当斯县监狱待上一个晚上，而且并未对此做出任何评判。

我坐在 32A 的座位上，透过舷窗看着一列排列整齐的行李沿着传送带被送入机舱。邻座的女子扭头看向我，想与我搭话。"去夏洛特？还是亚特兰大？"她打探道。

"不，里士满。"希望她能够就此打住。

"我表弟就住在里士满，"她兴奋地说道，显然谈兴刚起，"你在那儿做什么？"

"我住在乡下，"我一边含糊地说道，一边翻开放在腿上的书，解开缠在耳机上的耳机线，暗示她别烦我，"我喜欢平静和安宁。"

我今天过得很糟。甚至觉得这二十年一直过得很糟。十五年来，萨姆面临的危机一直困扰着我。但亚当斯县监狱却让我屈服了。这不仅是另一场危机，也是萨姆的生活，更是我必须面对的现实，不管我喜不喜欢。

"真的吗？"她态度友好地继续说道，"我喜欢户外运动。我们刚在韦尔待了一周。那些山……"

我塞上耳机。已经听不见她的声音了，但是她的嘴还在动。通常，我会敷衍两句。但是，就这一次，我打算粗鲁一次。

你想知道真相？我暗自生着闷气。坦率地说，32B 太太，你根本接受不了我的真相：

我是一个瘾君子的母亲，这是一份该死的全职工作。

第四章　代号："书友会"

我们说服自己相信，瘾君子们都住在城里更为肮脏的那片区域，很可能就住在桥洞里。可事实上，他们就坐在我们的厨房餐桌前管我们要三明治。他们会拉开冰箱门，打开牛奶盒喝牛奶。他们会一边偷偷打着电话，一边在餐柜的抽屉里翻找消夜。

一旦你的孩子成了瘾君子，监禁、尿检以及听起来就让人头疼的惯犯这样的词就会挤掉团队负责人、毕业和全额奖学金，在你的日常词汇中占据一席之地。你的社交网络也会扩大。你的联系人名单中还会出现辩护人、社会工作者和假释官，而不是教练和童子军队长。

我越来越擅长粉饰萨姆的生活，在保证信息正确的前提下，尽量少提供信息。"他去科罗拉多了。"我故作轻松地说道，然后转移话题。

要是有人追问，我就再补上一句："要待上一阵子。"好像他正在准备期中考试，而不是因为涉毒正在等待庭审。

如果问到感恩节或圣诞节，我就会故作轻松地说道："我们都期待能够一起过节！"

也许真有诚实回答的方法，但是平心而论，我还没有找到。相反，我一直含糊其词，下定决心隐藏这件令我感到羞耻的事情。这样做的时候，我其实是将痛苦闷在心里，自责不已：显然，更优秀的父母一定不会让这一切发生。

我认识的人都没有经历过这样痛苦的时光，所以我把精力投在了尽量减少把柄上。我戴上了一张面具。我对人微笑，参加社交活动，从未透露出一丝一毫的迹象，没有让他们看出不对劲来。我只关心能否挽回面子，隐藏真相，融入周围的生活之中。伙计们，这里一切正常。走吧。可是我的内心正在死去。

如果我换一种处理方式，在别人夸奖子女取得的成就时也谈一谈萨姆，整段对话听起来可能就会像是一段拙劣的模仿秀，但事实就是如此。

如果他们说："我们让所有孩子都回家庆祝纳娜和波比的结婚纪念日！"

我就回击说："我和萨姆赶在过渡教习所的宵禁时间之前，在丹尼斯餐厅吃了晚饭！"

"他打算今年秋天申请商学院。"

"三个月后，他就有资格申请监外就业了。"

"他通过了律师资格考试。"

"他连续十七周所有毒品检测均为阴性！"

"他和一个来自罗利市的可爱女孩订婚了。"

"他在戒毒互助所交了一个朋友。还拿回了他的驾照。"

"没错，就是这样。"

当然，有前途的年轻人的父母什么也没有做错。他们的孩子只是走在正轨上，开创自己的生活。而我的孩子却不是。

我越假装，就越孤独。多年来，我一直保守着我全部的秘密。毕竟，我还能和谁分享这一切呢？所以，大多数时候，我都独自承受痛苦。

有时候，当秘密越来越沉重，笑容也逐渐消失的时候，我真想抓伤他们沾沾自喜的脸，揉乱他们的头发。因为我儿子的身上出现了严重的问题。你还不明白吗？这意味着我也一定出了什么问题。几乎没有人可以分担我的痛苦。这种痛苦越来越强烈，最终在我温厚的外表下掀起了一阵有毒的三英里岛① 狂怒。

———

她们一个接一个地出现了。我心中那些生活井然有序、近乎完美的女性开始向我吐露自己的焦虑。兰常举办充满艺术气息的派对，露丝管理着她的家庭基金，萨莉负责策划慈善拍卖。西莉斯特经营着一家家庭作坊，同时照顾着日渐衰老的父母。她们抚养的孩子都沐浴在她们散发的光芒之中。她们都是光芒四射、心满意足的神奇女侠。至少我是这么认为的。

我们莫名地认出了彼此。我们有着同样的焦虑。我们属于一个没人自愿加入的俱乐部。但是，入会之后的好处就是：现在，有人与我们分担我们曾经独自承受的痛苦了。

我在意想不到的时刻与这群女侠相遇了。露丝拨通我

---

① 美国宾夕法尼亚州米德尔敦附近一岛，该地核电站曾发生灾难性事故。

的电话的时候，我正开车通过银行的免下车通道。我们在我刚结婚时就认识了，但却很久没再联系过对方。

"真没想到，"听到她的声音，我高兴得几乎尖叫起来，"我真是太高兴了。"

我们聊了这几年彼此的近况，随后，她的语气开始严肃起来。

"琳达，我知道你和萨姆碰到了一些问题……"她犹豫了片刻，"我们也一直在处理类似的问题，莉兹的问题。"

"跟我说说吧。"我一边追问，一边寻找方便靠边停车的地方。我不想分心。但是，我有点迷糊。她可能需要什么呢？一个好的数学家教？职业顾问？法律顾问？当然，应该不会是什么大事。

上一次见到莉兹时，她还在上中学，而且还在一部社区音乐剧中担任主角。那时候，萨姆正待在弗吉尼亚州西部山区的一所寄宿制治疗学校。回想起来，莉兹所取得的成就让我心生嫉妒。

露丝这样的家庭可能面临的最严重的危机是孩子站在现实世界的边缘犹豫不决。在究竟是去华尔街找一份工作，还是继续攻读硕士学位之间举棋不定。会是什么麻烦呢？我从未听他们提过与麻烦有关的只字片语。据我所知，他们家生活在一个我不再了解的星球上。

"她说她需要帮助，而且在第二次酒后驾车之后亲口告诉我们……"她的声音断断续续，我很难理解她想告诉我什么。

莉兹？

酒后驾车？

帮助？

她的麻烦不可能跟我一样。会是这样吗？我确信，没人会像我这样捂着丑事。可就是有人这样做了。而且她也没能逃过。

也许，仅仅只是也许，我并不孤单？

几个月前，这个想法就闪过我的脑海，但是我根本没当一回事。我们五个人挤上了一辆开往查尔斯顿的汽车。我们坚持认为，女孩应该在周末去拜访大学期间的朋友。闲聊的时候，我们的谈话集中到了一位共同朋友的孩子身上。有人暗示他的生活一团糟，猜测他在吸毒。在七个小时的车程中一直十分健谈的萨莉突然不说话了。

等我们转移到另一个话题时，她的沉默向我传递出一条信息。我也做过同样的事情，数不清有多少次了。她会和我一样吗？

她在别的时候也透露出了一些迹象，例如对孩子大学生活的描述明显有在背稿子的感觉。"玛丽怎么样了？"有人会问。萨莉随后磕磕巴巴地答道："哦！还不错。"有些过于欢快，过于含糊。

偶遇西莉斯特的时候，我立即感受到了我们之间的默契。我知道她一直在和自己的恶魔做斗争。弗吉尼亚大学斯科特体育场外风行的停车场鸡尾酒会似乎触动了她最后的一根神经。她的眼神告诉我，她想与我建立更深层次的联系。通过斯图尔特，她听说了我们一直在与萨姆做斗争。但是她不知道我多么想找到一个出口。她不知道，我为寻求灵魂深处的平静与安宁付出了多少努力。后来她告诉我，她觉得也许我需要与她聊一聊我们的孩子。但是她不敢在一个八万人的体育场里提起这件事。那时候不行，时机不对。

我在附近的一家餐馆里偶遇了兰和她的丈夫华莱士。"我妈妈总说我们应该聚一聚……"她喋喋不休地说道。兰是在里士满长大的。斯图尔特的妈妈和她的妈妈在寄宿学校上学时就是朋友。"我们有很多共同点。"她故意说道。

她是什么意思？我们都喜欢瑜伽？都对针灸和能量疗法着迷？我很快就会知道答案，尽管我们就这些康复实践交流了心得，但是我们的生活都在瓦解。

这些对话不断拉近我们之间的距离，帮助我们建立起我们都未曾说出口的内心最深处的联系：我们的孩子正在与毒品做斗争。

就这样，我找到了露丝、萨莉、西莉斯特和兰。当她们走进我的生活之后，我才意识到我一直把自己分成了两半。我隐瞒了自己的那部分故事，心里十分清楚，没有人能够接受它。

最后，是萨莉把大家联系在了一起。我们的电话都响了起来。"你听说了吗？"西莉斯特向露丝询问关于萨莉的事情。"你知道吗？"当兰提到露丝和西莉斯特时，我问她。萨莉收集了我们的电子邮箱，发邮件邀请我们去她家，没有提到聚会的日期。我们都渴望见到彼此。

我觉得自己就像是被困在荒岛上的幸存者，突然之间发现岛上还有其他的人类。他们究竟是敌是友？

我们五个人决定让聚会显得正式一些。我们要聚在一起，试图穿越我们各自隐秘的污沼。我们在电话中透露出类似的问题和恐惧。有没有什么指南可以帮助父母处理这种疯狂的状态？

我们都害怕深夜响起的电话铃声，以及它们可能带来的可怕消息。每天躺下睡觉的时候，我们都会做好心理准备。现在依然如此。

我们都去过戒酒互助会（Al-Anon）、匿名酗酒者协会（AA）或匿名家庭会（Families Anonymous）[1]，因此我们都同意创办一个十二步项目[2]。我们成立了自己的互助小组，没有准备折叠椅和荧光灯，希望能够起到全国各地教堂地下室互助小组那样的作用。最重要的是，我们有着一个共同的目标：重建与处于挣扎之中的孩子之间的关系。即便你的生活没有被毒品搅乱，十二步项目也有很大的用途，它为我们提供了处理任何过往的混乱关系所需的一切工具。

每一通电话都在加深我们之间的信任。我们通了许多次电话。最终，我们踏进了萨莉家充满欢乐气氛的家庭娱乐室。燃烧的壁炉温暖了整个房间，空气中弥漫着令人垂涎的香味，萨莉在木制浅盘上摆放了饼干与一块淋着意大利松子青酱、撒着烤红辣椒的奶油干酪。女主人为我们准备饮料的时候，我们就围坐在咖啡桌旁。露丝和西莉斯特选择了舒适的扶手椅。我和兰坐在沙发上。

---

[1]　一个针对吸毒成瘾者的亲戚和朋友的十二步项目。

[2]　通过一套规定指导原则的行为课程来挽回（治疗）上瘾、强迫症和其他行为习惯问题的项目。该项目由匿名酗酒者协会发起，最初是治疗酗酒习惯的方法。

西莉斯特张开双臂，兴奋地挥手让我们点饮料。"如果你们不介意的话，我已经试过一两次了。"她已经加入匿名酗酒者协会很多年了，即便在梦里，也能对十二步项目倒背如流。我们准备了削好的铅笔、荧光笔、全新的Moleskine笔记本，就像开学第一天的学生那样，准备撰写"书友会"的章程。西莉斯特早就让我们去买梅洛迪·贝蒂的《十二步相互依赖指南》（*Codependents' Guide to the Twelve Steps*）。"很多我们称之为母性的东西都是优良、古老的基本能力，"她解释道，"你们会发现的。"

"首先，基本规则：既然事情发生了，那就让它过去吧，"她说，"完全保密。"

"如果有人问我昨晚去了哪里，我该怎么回答？"露丝尖声说道，"我连午餐吃了什么都不会撒谎。"

"书友会，"兰说，"没有'如果'、'而且'和'但是'。"

————

书友会正如雨后春笋般冒了出来，所以没有人会怀疑我们的"书友会"。"嗯，"露丝想了一会儿，"那我们读的是什么书呢？要是他们问起来怎么办？"

"《帮助》[①]，"萨莉毫不迟疑地答道，"如果有人问起，就说我们在读《帮助》，上帝知道，我们都需要帮助。"

人多胆壮。环顾房间，我对此深信不疑。"首先要准

————————————

① 《帮助》（*The Help*）是美国作家凯瑟琳·斯托克特（Kathryn Stockett）于2009年出版的一部小说，讲述了20世纪60年代初非裔美国人的生存状况。

备学习指南。"萨莉插嘴道，挥舞着汤勺以示强调，"我在炉子上炖了一罐黑豆。一会儿你们自便。按顺时针方向从我开始说吧。我需要理一下思路。"

她拉过一张脚凳坐下来，垂头看着地板，整理思路。"我儿子乔治半夜来找我们。我和他爸爸已经睡着了。那是在 7 月，就在高一开学之前。他是我们的好孩子，身强体壮的学生、运动员，拥有无数朋友。

"因此，他的话让我们措手不及：'我每天吸食可卡因，而且……我觉得我可能需要帮助。'六周内，他就从偶然接触毒品变成了瘾君子。他的女朋友给他下了最后通牒：'要么告诉你父母，要么我去告诉他们。'他挣扎着说出了真相。但最终，结果就是这样。

"告诉你们，当时屋里就是一副山雨欲来的模样。我们完全傻眼了。五天后，我先生乔治把他塞进车里，开了十个小时的车前往佛罗里达州。我为他能够开口求助感到欣慰。如果女朋友没有威胁他，他根本做不到。上帝保佑她。那是两年前的事了，我们现在仍然不太成功。"

房间里鸦雀无声。萨莉垂眸，紧张地笑了。当她发现膝盖上放着的烤箱手套时，突然反应过来。她拿起手套，将它当成麦克风，举到嘴边说道："兰，轮到你了。"她把手套传给坐在右边的兰，然后快步跑进厨房，在那里也能听见我们的谈话。

兰接过手套，轻轻拍了拍，然后笨拙地试了试音："试音，……一……二……三。"她深吸一口气，开口说道，"我有一个女儿，埃拉。今年十七岁，大三了。显然，她酒瘾很重，曾经酒后驾驶。后来，她交了男朋友。在他的影响下，她开始吸大麻，并且渐渐转为海洛因。现在，她终于愿意寻求帮助了，可是她爸爸却不太想在买张机票就能去的戒毒所上花钱。"

兰曾在药品销售行业工作过很长一段时间。她擅长体育且酷爱户外运动。再婚后，她过得很幸福。周末的时候，她和第二任丈夫会带着他们的狗往到河边。他们的家庭已经融为一体，但也不是没有耍过一些财务上的把戏。她低头看着自己的手。"我们还不确定。他有点担心钱的问题，尤其当我们看到戒毒所的收费标准的时候。"她将手套迅速递给我，仿佛那是一个烫手的山芋。

"没有哪里可以保证完全戒掉毒瘾，"西莉斯特插嘴说道，"她可能需要进行好几轮治疗。他完全有理由担心。"

萨莉回到房间，向我们说道："晚餐准备好了。我们就在这里吃吧。琳达，我们喝汤的时候，轮到你说了。"

"怎么在五分钟内说清楚呢？"我喃喃自语道。"好吧。从幼儿园开始，我们就在治疗学习障碍和多动症。没有人告诉我们，多动症与毒瘾之间是有关联的。当时，我根本不可能想到这一点——我只想先把低年级应付过去。但是，我在网上读到了关于多动症的内容，然后想，呀，这些母亲正在处理大学生多动与注意力不集中的问题。他们的孩子被诊断出患了疾病，对吧？几个月后，你猜怎么着？萨姆也被诊断出患有同样的疾病。所以，我成了那些母亲中的一员。我们抗争的问题终于有了一个专业说法，我儿子就是患者之一。"

"强烈的反抗变成了一纸对立违抗性障碍的诊断书。六年级时，萨姆进了一所特殊的寄宿学校，斯图尔特和我分居了。八年级时，他开始吸大麻。九年级时，他转了四所学校。"

我深吸一口气。等待接受大家的评判，然而她们并没有这样做。我已经说完了，但是没有人感到惊讶。相反，她们各自盛汤，相互递面包和沙拉，安静地倾听。终于说出了憋在心里的话，我觉得很激动。我把隐私摆上了台面，不知怎的，我觉得自己也得到了净化。我从未告诉过别人这些丑事，也从未如此公开地说给朋友们听。我看了一眼萨莉的厨房，第一次发现，周围的人能够理解我的感受，因为她们也有同样的经历。

去年冬天，萨姆度过了他二十三岁的生日。我一直觉得很孤独，因为从三年级起，他就开始抗拒我们，到现在为止已经十三年了，而且这种情况还将继续下去。

"他……他吸食海洛因，几次进出过县监狱。我每天都在提心吊胆地等待最后的结局。"我的双手因为不受控制的强烈情感而颤抖不已。我从未找到一个可以完全放心地倾吐秘密的地方。"养育孩子就像是平行游戏，没有合作，没有一致性，你们也看到了，这会带来怎样的结果。"

我试图开个玩笑，但却觉得喉咙发紧。

"所以，我们的这个孩子就像是刚捕上岸的鱼，噼啪跳个不停。我们根本无法就此进行交流。如果只有我一个人在处理这件事情，也许我能找到一个答案。可是，我们看到的天空的颜色都是不一样的。这让我很痛苦。我愿意把我自己的信仰放到一边，一起努力寻找解决方案。他却病急乱投医，导致家里财政紧张，"我一边说，一边冲兰点点头，"现在你们知道我家的情况了。"

——

我们在萨莉家的餐桌旁就座。我们都是毒品无形的牺牲品，一个罕见的地下女性团体，五个女人被吸引到了一个旋涡里。西莉斯特的女儿因为吸毒被学校开除了。露丝的儿子差点死于酒精中毒。我们每个人都为那个很可能出事的孩子，那个极度迷失的孩子哀伤。那时，我们不可能知道这些孩子要去往何方。在接下来的十年里，我们参加了其中六个年轻人的葬礼——两人死于车祸，三人吸食过量毒品，一人自杀。

直到那天晚上，我们才准确地知道我们五个人共有十一个孩子，其中五个是瘾君子。他们试过酒精，还有大麻、海洛因等多种毒品。他们因进食障碍而苦苦挣扎，患上了躁郁症，遭受了性虐待。

我们总共见过三十二名顾问，参加过匿名酗酒者协会、戒毒互助所、戒酒互助会和匿名家庭会，咨询过教育专家、干预学家、心理学家、精神病学家、家庭教师、针灸师，甚至能量治疗师。我们的孩子参加过野外训练，上过法庭，也进过监狱和过渡教习所。他们四次酒后驾车，被判了两年半监禁、三年缓刑、五次重罪，三次被高中开除，三次差点吸毒过量。

我们一共花了三十五万美元戒毒，但却没有一个人成功摆脱这一切。

——

"你喝什么，琳达？"萨莉伸手去柜子里拿杯子的时候，扭头问我。

我从未想过会有这样一群人，她们的理解就是一种慰藉。她们的接纳犹如温暖的泡沫浴，我让自己浸入了其中。

"我不喝，萨莉。"我答道，"什么都不喝。"

"现在打开你们的书，"西莉斯特引导道，"让我们大声读出第一步。"

在毒瘾面前，我们无能为力。

也许这个概念看起来很简单，但是这一步我们整整学习了好几个月。

母性的本能是消除、抚平、修复和治疗孩子的伤痛，或者在做什么都无济于事的情况下，将所有伤害我们孩子的东西打的满地找牙。我们可以控制孩子的饮食、穿着、学习和交友。然而，毒瘾缓慢渗透，嗅出空气中的脆弱，磨尖其利爪，舔砥其刀斧，恐吓我们，然后给我们致命一击并撕裂我们的五脏六腑……

第五章　没有参考图片的拼图

在萨姆和他的妹妹夏洛特成长的过程中，我们给予了他们无尽的爱、欢笑与有机水果。我们住在绿树成荫、环境优雅的街区，邻居的孩子们在修剪整齐的草坪上来回奔跑，在彼此的房屋间穿梭。周六的时候，他们会聚在我家后院荡秋千，或是在我们用粉笔画出的车道上骑 Schwinn Sting Ray 牌自行车，车把上飘着亮闪闪的装饰彩带。

我家前门两侧的铁艺花盆里常年盛开着鲜花，春天是凤仙花，秋天是三色堇。屋内，我尽全力营造一个精心打理的安乐窝。我们的孩子去了附近的私立学校，我把它们叫作萨姆的圣男子学校和夏洛特的圣女子学校。周末的时候，我和斯图尔特会带他们去参加体育锻炼和舞蹈课，或是开一个多小时的车去夏洛茨维尔看弗吉尼亚大学的足球比赛。那是一段幸福的时光。

住在罗斯林路的那些年里，我们的生活平淡无奇。从达连湾到杜兰戈，许多家庭世世代代都过着这种生活。我们的生活与我童年时的生活没什么不同，宴会上我们仍在使用上过浆的亚麻餐巾。这种生活美好且稳定。

总有一天，如此美好的画面会被打破。但在当时，我无比感激。我的孩子们都很健康。我有一个英俊、勤奋的丈夫，一套舒适的住宅和一群朋友。与未来的混乱相比，小磕碰、小创伤和小打闹简直就是过家家。

——

等孩子上学之后，你根本不知道你匆匆送走的那个背着书包、拎着饭盒的人究竟是谁。幼儿园老师会在每个孩子的头顶画上一个巨大的问号。你的孩子将来可能会荣获"美国优秀学生奖学金"，或是能够一脚踢出威胁弧线球。所有家长都希望自己的子女拥有无穷的潜力。但是在孩子童年的时候，我们中的一些人注意到马车已经开始摇晃。很快，车轮便开始脱落，一个接着一个。

我得到的第一条线索不太明显。当我开着车慢慢通过合用车道时，一位老师将头探进车窗，"今晚方便给我打个电话吗？"

我开始在萨姆的书包里发现给家长的信、满页红叉的数学试卷和整整一栏"不满意"的成绩单。深秋的时候，我收到了退学通知书。三轮马车歪歪扭扭地驶向前方，稍稍偏离了它的轨道。

"我们建议他接受一些辅导。

"周四我们有一个特别的小组会议。

"我们希望您和您的丈夫能来与我们谈一谈。"

到了春天，我们决定让萨姆重回圣男子幼儿园。我们希望他能够克制冲动，学会集中注意力。他的幼儿园老师威尔逊太太就像是上帝派来的天使，她同意帮我们将这个消息告诉萨姆。她带他去吃比萨、喝奶昔。

"萨姆，亲爱的？"她开口说道，"大树需要将粗壮的树根深深扎入土壤之中，只有这样才能帮助它们茁壮成长。萨姆，总有一天你也会长成一棵大树。我相信，明年再去一次幼儿园是确保你的树根可以变得超级强壮的最好的方法。"

萨姆恭恭敬敬地听着，一切如常，仿佛他将和其他孩子一样升入一年级。当时，我们以为重读幼儿园是他在学校面临的最大障碍。

如果是这样该有多好。

"幼儿园：续集"是一场艰难的攀登之旅。史密斯太太小心翼翼地照顾着重读幼儿园的萨姆。然而，每天都会出现新的挑战。没有任何权宜之计。我从更有经验的家长群里搜集一点一滴的信息，并很快发现了一种模式：先送孩子去额外帮助小组，再去课后辅导班，父母则会参加特别沟通会。如果这些都没有效果，就需要在学校之外寻求解决方案了。探索之路由此开始。

第一步是请听觉矫正专家检查听力与听觉处理能力。你的孩子在听老师说话的时候，会像查利·布朗①那样吗？接下来是神经病学顾问医师的测试，将你孩子的大脑转换成一系列数据和图表。医生解释这些检查结果的时候，你屏住呼吸，祈祷报告结果中不要出现"脑损伤"或是"无法治疗"等字眼。

---

① 《史努比》系列漫画的主角。

你不断寻找也许知道答案的心理学家、精神病学家、行为专家或教育顾问。然而，你为自己将孩子当成需要解决的问题而感到内疚。如果停止寻找，你就是不负责任，至少也是漠不关心。如果继续寻找，那么你关注的重点究竟是问题还是孩子？

你是反应过度吗？

还是反应不足？

做或不做都会遭人谴责。

他会像患流感那样自愈吗？

他会改掉这些习惯吗？

接下来是药物治疗。短效、长效、缓释、小剂量、大剂量、三环、单环。完全取决于运气。

"记得告诉我效果如何。"医生边说边草草写下处方。

20世纪90年代，幼儿带药、服药还不需要在校医那里登记并接受他们的管理。我将萨姆的药丸放进一个袋子中，塞进他的午餐包里，尽量往好处想。这种药物的半衰期很短，所以等到下午放学时，药性已经过了，萨姆反而变得更加冲动，更不专心。他越来越活跃，就像音量被调大了一般。医生称之为"反弹"。反弹使得下午的亲子游戏时间变成了雷区。

放学后，我怎么能把一个跑个不停、反复无常的孩子送到朋友那里呢？我怎么知道他会不会拿起高尔夫球杆，在距离其他孩子的睫毛只有四分之一英寸①的地方挥舞不停？我做不到。如果他要去什么地方，与什么人在一起，

---

① 一英寸约为 0.02 米。

就需要吃药。我是不是要把另一颗药丸放进另一个拉链包里，然后送给邀请他到家里做客的孩子的妈妈？她有义务这么做吗？她会觉得我神经质吗？

如果他们要去操场或是宠物动物园，我是不是要跟在他们后面，假装他忘了带夹克，然后从我的上衣口袋里拿出一瓶水和一颗药丸？敏捷地让他吞下药丸，不被任何人发现？

面临这种困境的母亲开始像受过高强度训练的特工执行秘密任务一样思考问题，伪装成一个可爱、体贴的超级妈妈时刻巡逻，但愿看起来只是有点过于专注。这种双重生活令人疲惫不堪。

由于战略行动实施的次数过多，我开始尝试一种更直接的方法。我在他的午餐包里留了纸条，提醒萨姆吃药。尽管如此，大多数时候，药丸还是原封不动地被他带回了家。下午四点左右，我会播放电话答录机上的留言。就在我打开午餐包，看到那个皱巴巴的袋子，还有里面的小药丸时，就听到了老师让我给她打电话的留言。

留言。

药丸。

因果关系。

服药之后，萨姆和大多数小男孩一样，闹腾但不至于太鲁莽。那个鲁莽的男孩，那个没有服药的萨姆，是一系列症状的集合体。他的冲动行为是尚待诊断的疾病的表征。服药之后的男孩才是真正的萨姆，是他自己想要成为的人，没有任何症状的萨姆。服药期间，萨姆就像是患有哮喘的孩子，使用吸入器之后便能自由呼吸，暂时缓解了病情。

这是遗传吗？

主要是多动症造成的？

出生时的血毒症导致的结果？

糟糕的养育方式？

当这些问题在我脑海中打转时，我将一份早期检查报告中第七页第三段的一句话当成了救命稻草：我和斯图尔特"看起来是慈爱的父母，凡事都为孩子着想"。

尽管如此，我依然受到了各种指责：从"你就是懒"，到"你给他用药就是因为你嫌他烦"，再到"你会抹杀掉他的个性，把他变成一具行尸走肉的"。萨姆的祖母也会说，"告诉他这是维生素"。

捏造事实为时不早，不是吗？

尽管药物能够起到一定的效果，但是它却无法解决萨姆在学习上的问题。在三、四年级的时候，我们不断鼓励他，轻轻推着他向前走。我们请了课后辅导老师，努力在学校完成作业，尽量不把冲突带回家。四年级已经出现了许多关于学术和行为的策略课程。

我们已经知道了上百种可能造成这种不可接受行为的原因。但是哪些是有根据的？其中，我们又可以解决哪些问题？

也许是圣男子学校的课程设置太严谨刻板了？

也许是我和他爸爸给他施加了太大的压力？

也许是萨姆给自己施加了太大的压力？

也许他在学校留下了坏名声，一个新的开始就是一张不能中奖的彩票？

也许用蒙特梭利的方法教育他可以帮助他茁壮成长？

抑或是他只是按下按钮，享受成为一个讨厌鬼的过程？

我在图书馆查阅了几十份资料，至少找到了包括食品添加剂到过敏在内的更多可能的解释。从《多动症儿童之法因戈尔德食谱》（*The Feingold Cookbook for Hyperactive Children*）到 T. 贝里·布雷泽尔顿的大量资料，我的床头柜上堆起了一座书山。

正如一位母亲在谈到自己的孩子时对我所说的，我不仅是他的母亲，还必须是他的心理学家、精神病学家和药剂师。

我准备改变他的生活方式，去做对他最为有利的事情。如果一年前你问我，我可能还没有准备放弃我为他所规划的幸福童年：殖民地纪念日，中学科学展，每周的教堂礼拜，高中生野外旅行时穿的蓝色夹克，年鉴照片，初中、高中舞会，高中的宣教之旅和颁奖仪式。不管愿不愿意承认，从将他送进幼儿园的第一天起，我就已经描绘出了未来十二年萨姆接受学校优良传统教育的宏伟蓝图。

我们都喜欢紧紧抓住熟悉的东西。这也是传统经久不衰的原因。在这所学校，我可以预见他的未来。但是如果去了别的地方，整个画面就变得模糊起来。我无法像之前在圣男子学校那样清晰地预见到即将发生的事情。

一些孩子和他们的父母坚持留在竞争性的学习环境之中。他们花在辅导课、暑期复习、测试和教育顾问上的钱都可以买下加勒比海上的一座私人小岛了。他们的孩子已经变得一塌糊涂，深信自己的能力有所欠缺。其他家庭成员也差不多。

我正在拼一幅没有参考图案的拼图。我想看到穿着休闲海军蓝西装的男孩微笑着在毕业典礼上获得一两个奖项。后来我才知道，这叫作"私人逻辑"或"琳达逻辑"。

我想看到的是我的生活，不是萨姆的。

第六章 放弃信仰

"人类的头脑更倾向于保留痛苦的记忆，而不是珍惜美好的记忆。"一天早上，我在贝尔蒙特沙龙染发的时候，在一本过期的《红皮书》（Redbook）女性时尚杂志上看到了这句话，它犹如一支利箭，直刺我的心灵。作为一位母亲，我想选择记忆与孩子在一起的时刻。但是我很清楚，我根本控制不了孩子的记忆。

即便在经历了十五年沉重的情感打击后，只要想起罗斯林路的那个下午，我依然觉得五脏六腑纠结在了一起。那一天，我把痛苦的记忆深深烙在了孩子们柔软的心里。我计算过，我需要十几副 Go-Fish 卡牌、五场复活节寻蛋活动、一个七层生日蛋糕、一只拉布拉多小狗，以及此后每天的精心照顾——才能抚平我所造成的伤害。

我祈祷他们能够忘记那可怕的一天。但是我永远也忘不了。

——

我在南卡罗来纳州长大。在那里，任何令人难以容忍的发脾气的行为通常都被叫作"放弃信仰"。我妈妈就从来没有这样做过。至少在我面前，她从未完全失去过理智。尽管如此，我后来还是提醒自己，没有哪个妈妈没有大吼大叫过。那些看着你的眼睛，对着《圣经》发誓自己从未被人激怒过的人呢？那些从未化身为精神错乱的海女巫厄休拉的人呢？他们说的有可能是实话吗？

几年后，这段记忆仍然刺痛着我。我永远也不可能知道，那天哪位年轻妈妈推着婴儿车经过我们家，或是哪个少年听见了我的怒吼。我无法原谅自己，所以有一天，为了找到内心的平静，我在和朋友米丽娅姆一起吃午饭时提起了这件事。当时，米丽娅姆是我们街对面的邻居。我们住在罗斯林路时发生的很多事情米丽娅姆都知道。我们俩的关系一直很亲密。"我都不太敢开口问你了，"我说道，"可是我一直忘不了这件事。你还记得我大发脾气的那一天吗？当时你听见我的吼声了吗？或者我们稍后再谈论这件事？"

"开着。"她毫不犹豫地说道，双手张开，伸向天空，好像早就猜到了我要问什么，"窗户绝对开着。我全都听见了。"

尽管我想要有人帮我粉饰这一切，但米丽娅姆显然没有这样做。

———

萨姆十岁。夏洛特六岁。我的小女儿是一个天真可爱的幼儿园小朋友，只想取悦我和周围的每一个人。

每天都能迎来新的希望，至少在早晨令人恼火的事情堆得比我们日常待洗的衣物还要高之前。上学前的大部分时间，我不停地上下楼梯，咬着牙关催促萨姆。

"该起床了，亲爱的。

"书包收拾好了吗？

"你的鞋子呢？

"拜托，吃点早饭。

"快点！你不想让拼车的人等你吧！"

前一分钟，他还在系鞋带，下一分钟，就在食品储藏柜里抓了一份餐后小吃。

学龄儿童家庭的早晨往往都是一片混乱。但是，如果你的孩子患有未确诊的对立违抗性障碍并伴有多动症，这种混乱就会加倍爆发。

我相信，斯图尔特不是唯一一个因为不理解孩子行为而选择观察母亲的父亲。你为什么处理不了这事儿？你怎么了？但是我越催萨姆，他就越是固执己见。他越是这样，斯图尔特就越会在事后怀疑我。斯图尔特越是这样，我就越怀疑自己。

为什么我处理不了这事儿？为什么其他人可以准时到校？我们曾是一家人。但现在我们是一串连锁反应。我们为琐事吵架。我们的分歧越来越严重。我们会突然爆发。因为压力越来越大，我开始绝望了。

终于把孩子们赶出家门，塞进拼车的车子里之后，我才能气喘吁吁地站在厨房柜台旁喝上第二杯咖啡，重新从情绪和身体的混乱中振作起来，然后将早餐盘子放进洗碗机，出门跑步和锻炼。

回到家，我几乎总能看到手机上的红灯疯狂地闪烁不停。我会一条接一条地重播，这些信息也一条比一条紧急：

萨姆忘带书了。

他的夹克。

他的许可回执。

哈里森夫人？

我们可以谈谈他的测验吗？

他的"退学通知"？

他在操场上的行为？

我带着书或夹克回到车上，奔向学校。我带着罐装食品募捐所需的甜豆冲进教师办公室，然后绕回来参加家长会。每周收到的信息也许措辞不同，但传递的信息是一样的：他注意力不集中，而且会扰乱班上其他同学的学习。我觉得自己就像是一个单人维修队，急急忙忙赶去修补漏气的轮胎，好让我的司机能够再次上路。

————

十年后的一天晚上，当我在"书友会"上说起这种循环模式时，西莉斯特面露喜色地说道："这种模式没有改变，因为你没有改变，对吗？"她看了一眼露丝和兰，她们正忙着把皮塔片插进萨莉用黑豆、鹰嘴豆泥和香菜制成的蘸酱里。"我们都这样做过。我们的孩子注意力不集中，结果这变成了我们的问题。"

"说的就是，"我说，"为了把萨姆保释出来，我以前常常像对待肮脏的草坪那样，把自己从头到尾批判一遍。我为什么一开始就踏进了这种轮回？是谁让我像消防员一样全天候待命，随时随地准备套上靴子、滑下滑杆？

"我记得三年级那次去国会大厦的实地考察。那天，所有男孩都必须穿上圣男子学校的红色毛衣。猜猜谁忘穿了？学校会给斯图尔特打电话吗？当然不会。"

"那你怎么办呢？"萨莉是真心希望能够从我的夫妻互助的记忆中学到一些经验。

"是啊，"兰说道，"你是怎么做的呢？"

"我立刻抓起毛衣冲到学校。那些日子里，为了完成清单上的事情，我越过了重重关卡——这一切究竟是为了谁？低年级的接待员？"

兰突然大笑起来。"负责拍集体照的妈妈？"

"不，不，不，是小吃协调员。"露丝补充道，"你不想惹她生气吧。"

"说真的，我从来没有停下来思考过我对自己造成的破坏。但是，在接受了多年咨询之后，有一天我突然明白了。为什么我会觉得自己必须成为萨姆的拯救者、后备计划和安全保障？"

"我们都必须减少这些挥之不去的废话对我们的影响。"西莉斯特顿了一下，然后低声说道，"可是我们很害怕，不是吗？"

"别废话。"我被惹火了。有时候，西莉斯特感觉自己就是我们的头头。

萨莉又重新开启了这个话题，仍然很困惑。"西莉斯特，忘记红毛衣、因毒品交易被定罪和收到'退学通知'之间有很大的区别。"

"有吗？"西莉斯特问道，"最终不都归结到个人责任上吗？如果有人在你三年级忘记穿红毛衣的时候说了些软话，还怎么让孩子了解逻辑推论？上帝发明了'退学通知'就是为了让他们能够远离监狱。一个孩子如果想要获得成功，就必须了解失败。"

要是当时西莉斯特在我身边就好了。也许我就能意识到，没有人会因为不穿一件从失物招领处翻出来的已经起球的红毛衣而丧命。但那时，生活每天都会在我们毫无防备的时候捉弄我们，我已经焦虑得不知所措。萨姆，在你用你最近的危机打断我之前，记得先提醒我，我当时正在干什么。

"如果换作是你，你会怎么做？"萨莉执意问道。

"他忘了带红毛衣？他们要去国会大厦参观？我应该说，我很乐意帮忙，但我有一个约会。失物招领处肯定有红毛衣。让萨姆去翻一翻，找一件出来。他可以在活动结束之前还回去。

"你知道吗？那场约会？可以是长跑训练。和一个老朋友共进午餐。和与别人约会一样，与自己约会完全合法。如果我不会在最后一刻取消牙科预约，那么为什么要取消与自己的约会呢？

"失物招领处一向备着六件红毛衣。说不定萨姆必须穿一件大了两号或是小了几号的毛衣。他会觉得很不舒服。也许下次参加实地考察的时候他就能长记性了。我学会去留意当我改变回应方式之后，会发生什么样的事情。还记得纳迪娅吗？那个外科医生？她的儿子就在萨姆班上。你觉得如果当时她正在切除穿孔的肠子，她会怎么做？"

———

在一个周匹的开放日，我又接到了学校的电话，顿时变得心烦意乱起来。那天下午，我们三个人刚从拼车上下来，一前一后地走进屋子。那天正好轮到我开车。我们有二十分钟的准备时间：四点，夏洛特要去参加一场生日派对；四点半，萨姆要去见辅导老师。我已经在脑子里都计算好了。我可以把食物分装到碟子里。包装礼物的时候，他们准备出发。

我让萨姆上楼去拿他的数学笔记，告诉夏洛特去楼梯角的洗衣篮里找她的打底裤。每个人都有自己的任务。我的计划开始实施。

可是萨姆并不买账。

"不，"他突然扭头喊道，"不去。"

"必须去！"我反驳道。

后来，我才知道，对立违抗性障碍患儿十分享受这种直接的对抗。我这是在郑重其事地挑起一场激烈的权力斗争。

我的耐心已经耗尽，但是我却没有发现自己的情绪完全失控，一发不可收拾。老师直戳人心的评论，举办派对的妈妈——她已经打来两个电话，确认夏洛特能否去参加聚会，还有儿童行为专家寄来的账单——保险公司刚刚拒绝支付这笔费用。我的脑子一片混乱，可是还得试图打出一个完美的罗缎蝴蝶结。

主啊？

上帝啊？

这个屋子里有人听我说话吗？

就在那天早上，斯图尔特又早早躲去公司了。

我是唯一一个试图引发这场闹剧的元凶吗？

愤怒的开关被触动，我开始尖叫。

"你现在给我上楼去！"

只是这次我没有停下来。我不停尖叫，直到被愤怒吞噬，就像是一张刮花的唱片，不断重复。

"现在！"

"现在，萨姆，现在！给我上楼去！"

房间从视野中消失，我已经完全察觉不到周围的环境。

"该死的萨姆，现在就去！"

我的怒火越烧越旺，到了最后，我的吼叫声似乎连远在华盛顿特区的人都能听到。

我不再是一位愤怒的母亲。

我就是愤怒。

我记得自己在某个时刻回头问自己：

现在是 10 月吗？

亲爱的上帝，请把窗户关上吧。

我喉咙疼痛，全身无力。

这时，我才看到夏洛特。她在门厅里缩成一团，下唇颤抖，大颗大颗的泪珠顺着她的脸颊滑落。

她吓坏了。

被我吓坏了。

身旁的地板上放着一条叠得十分整齐的淡紫色打底裤。

直到电话铃声响起，眼前的墙纸和家具才再度清晰起来。我无意识地拿起听筒。

"你……还好吧？"我的朋友卡米尔问道。

我在哪儿？

刚刚发生了什么？

她怎么知道的？

当我意识到我们欢乐的橙白色厨房里那噩梦般的景象时，羞愧涌上心头。愧疚狠狠攥住我的心，我的胃里泛起阵阵恶心。我没能控制住我的愤怒，我觉得自己孤立无助。

我疯了吗？

我是某种噩梦般的母亲吗？我没有扬起巴掌，但是我敢肯定，我的尖叫就犹如一记耳光，深深刺痛了他们。

现在想想，真不知道我是如何将愤怒压抑了如此之久。我一直在用手指堵堤坝漏洞，现在该死的大坝终于决堤了。

我们都会生气，但大多数时候，我们都能设法保证车辆正常行驶。10月的那个下午，我的车子突然打滑，一下子越过四条车道，在路面上留下两道深深的轮胎印，然后一头扎进沟里。

我完全没有想到会出现这一幕。

萨姆没有去上辅导课，五十美元打了水漂。整个下午他都待在房间里，用椅子抵住了门。夏洛特没能参加生日聚会，尽管我们反复确认一定会出席。

——

那天晚上，夏洛特在被窝里缩成一团。她的眼神告诉我，她显然受到了心理创伤。她又一次成为无辜的旁观者，歇斯底里的目击者。她刚刚看到她的妈妈大发雷霆的模样。

"宝贝，"我轻声说道，"我很难过今天发生了这样的事情。我知道我吓到你了。我也是。我保证我永远、永远、永远也不会再像那样大喊大叫了。"

她似乎在思考。她的呼吸声——轻轻地呢喃——是我们之间唯一的声音。最后，她用微弱的声音做出了回答。不，她的声音是如此强劲有力。

"我想，嗯，你今天有点'废'了，妈妈。"

"什么'废'？"

她在说什么？

"就是你常说的那个词？"

"嗯，'废'？"

我故作轻松地说道。她是指愤怒、咆哮、暴跳如雷？到底是什么？

"妈妈，你是个废物。"

从我的宝贝嘴里说出了这句话。

"是的，我是。"现在仍然是。

我在她的额头上亲吻了四次，紧紧抱住她，告诉她我爱她——一直到火星那里，然后再回来——然后关上了灯。

她叹了口气，翻了个身，哭出声来。

下午的事情让我们三个人都觉得震惊。萨姆主动刷牙、上床，我们的金毛猎犬波就躺在他的脚边。我走进他的房间时，他已经关灯了。

"萨姆？你睡着了吗？"

他有些昏昏沉沉的，但我紧紧搂住他的脖子，把脸埋在他的枕头里。我亲吻着他的脸颊和额头，眼泪浸湿了枕套。

"我失控了，萨姆。我很抱歉。这不全是你的错。我有很多事要操心。我爱你和夏洛特，我从来没想过要伤害你们。拜托，我们重新开始吧。原谅我，好吧？一切都会好起来的，我保证。"

"我原谅你，妈妈。爱你，晚安！"他咕哝道。

我在黑暗中盯着他的侧影，我揉着他的背，直到听见他熟睡之后轻柔而稳定的呼吸声。我蹑手蹑脚地走出他的房间，知道一切根本好不起来。

那天晚上，我像婴儿一样，在被子下面蜷成一团，根本睡不着。我不认识那个一直在大喊大叫的女人。她吓了我一跳。我知道我需要帮助。我还清楚地知道一件事，我们与萨姆之间的斗争并不是那种养育一个活泼的男孩会遇到的普通问题。那个开窗日迫使我去质疑一切。一定出了严重的问题。可到底是哪里出了错呢？

染上毒瘾之前，瘾君子们往往都是一群难以管教的孩子。几年后，我才明白这一点。养育这些孩子需要博士级别的育儿水平，既要保证结果无懈可击，也要确保方法始终一致。你不能只是即兴发挥。但是在那时，没人有先见之明——或者是没有这种勇气——来告诉我，我家这个三年级学生的身上有着瘾君子的所有特征。

但是现在，我发现了这些迹象。

不知足。

不耐烦。

冲动。

不稳定。

他的心仿佛是铁做的，温和的责备、取消活动和丧失特权等都会对我们所在街区的大多数孩子产生影响，但是他对于这些完全无动于衷。你觉得他是怎么走到进亚当斯县监狱这步田地的？

回想起 10 月的那个星期二时，我试图找出点燃愤怒的导火索。是什么把我逼到了悬崖边缘？不论那天萨姆做了什么，都不足以引爆我这颗炸弹。一直在我的内心、在我们的屋子里、在我们的家中制造紧张气氛的所有令人懊丧的事情，都是在一个漂亮的盒子里飞旋的拼图碎片。那天，它们撒了出来，散落在桌子上，然后神奇地拼在了一起。

这是一条用粗体字书写的消息：

这很疯狂。

我作为母亲的信心正在减弱。我的婚姻在重压之下开始嘎吱作响。我的生活与我梦想中的美好画面渐行渐远。此时，他还没有开始吸食大麻。

第七章　石头学校

"亲爱的妈妈，我想离开所有朋友，去镇里的另一所学校上学。"从来没有哪个孩子会这样说。我还没有遇到过哪个四年级学生会选择放弃朋友、老师和熟悉的环境而去融入一个全新的环境。然而，一旦找到了合适的学校，你就不用再担心了。

父母的职责是了解何时应该拦着他们，何时又该拥抱他们。由于谁也无法预知未来，这个决定从来都不容易。萨姆四年级的时候，我已经准备好打一手新牌了。我不得不面对一个事实：圣男子学校并不适合他。

我不得不把这个消息告诉萨姆，这个因强烈反抗而确诊患有对立违抗性障碍的孩子。我的工作是说服他转学到一所他一个人都不认识的学校。我需要他走进那所学校，和一个陌生的成年人打招呼、进行眼神的交流、与人有力地握手，然后坐下来接受坦诚的面试。最后，我不得不激励那个孩子去说服坐在大桌子后面不知名的成年人相信，他对于这个已经很优秀的教育团体是一个极好的补充。就是这个孩子，如果只剩下酸奶油和洋葱味的薯片时，就会一蹶不振。

"就好像我试图使用空头支票一样。"面试前几天，我冲着一个朋友脱口而出。这张支票本身很讨人喜欢，但是账上资金不足。萨姆的自尊心在圣男子学校具有竞争性的环境中受到了打击。学校和孩子在教育上并不匹配。当孩子们觉得自己在教室里不知所措时，就会扰乱课堂秩序——在他们没有认真学习的课堂上，做任何可以转移他们注意力的事情。

"多次失败之后，孩子不会再尝试，"一位富有同情心的老师解释道，"如果不学习，他们可能会对糟糕的成绩一笑置之。但是如果他们全心全意地投入拼写测试，结果还是失败了，又会怎样？他们最担心的事情得到了证实。他们会想，我真的很笨。学校生活真的会变得非常痛苦，他们会尽一切努力拒绝上学。"

———

选择学校的过程开始了。最近的公立学校把三十名五年级学生塞进一间教室。当萨姆忙着在拥挤的课堂里捣乱的时候，他会成为漏网之鱼，在学业上会更加落后。一所以教育学习障碍学生为强项的学校只招收六年级及以上的学生。

这样一来就只剩下三所学校。姑且把前两所学校称作"可口可乐"和"百事可乐"。我们已经去过可口可乐（又名圣男子学校），一所私立的圣公会男校。往西六英里的百事可乐是一所男女同校的学校，在学术上十分出色而且没有教派之分。如果萨姆无法融入可口可乐，那么他也无法适应百事可乐。

第三所学校是我唯一的希望——胡椒博士。它也是男女同校的学校，支持存在学习差异的孩子，提供小班教学和更从容的学习节奏。这正是萨姆需要的。胡椒博士已经是一所强校，但是变革正在酝酿之中。一位匿名捐赠者签了一张大额支票。现在，该校资金充裕，已经大张旗鼓地开始扩建，并雄心勃勃地加大了对"学术卓越"的关注力度。

如果萨姆不适合这里，我想胡椒博士的招生部门会告诉我的。或许他们甚至可以建议更适合我们的选择。

我以为所有学校都会与家长进行开诚布公的交流。既然我们有着培养年轻人的共同目标，他们为什么不这样做呢？我真是太天真了。私立学校的员工往往受到不成文的内部规则的约束，这些规则限定了他们可以告诉父母的信息。而最关键的信息——其他学校也许更适合孩子这样的信息——是最棘手的问题。

有时学校的顾问会拐弯抹角地暗示，但是学校很少允许他们开门见山地说明这个情况。同时，你以为所有人都摊牌了，事实即使很难接受，也总是符合你孩子的最大利益。如果你这里不适合我，就请你们学校的资源顾问推荐一所更合适的学校。我的朋友茜茜这么做时，得到的答案令她感到震惊："我们不负责为其他学校招聘。"

———

我在胡椒博士安排了一次面试，并且在前一天晚上告诉了萨姆。他顿了片刻。

"我不去那所学校。"

我试着装出漫不经心的样子。

"哦，我不知道，我听说老师有时会带他们的狗来上课，"我一边说一边观察他的反应，"它们就坐在前面，老师的脚边，每天都有一个学生可以牵着狗出去遛。"

萨姆瞥了我一眼："那只狗叫什么名字？"

我终于引起了他的注意，可我只是在胡诌。

"不如我们明天一起去那里看看？"我屏住呼吸说道，"你猜怎么着，萨姆？你可以不用上最后一堂课。一点二十分的时候我会来接你，下午你就不用去学校了。"

"好吧。"他咕哝着，始终握着任天堂游戏手柄，根本没有抬头。

第二天下午，我们驶进停车场的时候，萨姆睁大了眼睛。那排石头建筑与他现在学校的砖砌建筑完全不同。他一下子瘫坐在前排。那一刻，那个目中无人的男孩看起来又渺小又害怕，不禁让我有些心烦意乱。

"我们说好了的，记得吗？我们就去聊一会儿，问问那些狗的事情，明白吗？"

"不用测试？"

"不用测试，亲爱的。我保证。"

我们走进招生主任的办公室时，萨姆的抵触情绪显而易见。招生主任起来迎接我们，脸上堆着二手车推销员般的假笑。聪明的孩子一看到这种笑容，脑海中就会敲响警钟。他接过我的文件，核查了萨姆的申请表，带着萨姆回到他的办公室，然后关上门。

我的呼吸变得急促，双手开始出汗、颤抖。我在走廊上坐下来，拿起最新一期的校友会杂志，试图集中注意力。我坐立不安，突然站起身，开始仔细阅读墙上的公告板。当看到我在教堂或泳池中认识的熟悉的面孔时，我发现自己开始低声祈祷能在这个美丽的环境中有一个全新的开始。我开始想象着新朋友、更有修养的老师、甚至萨姆参加体育运动的画面。我们的车轮已经空转了很久，是时候将车子拖出沟渠，用软管喷水冲洗泥浆，然后重新上路了。胡椒博士也许会是我们想要的答案。

我已经事先提醒过招生助理，萨姆不太愿意转校。我暗示说，转校的过程也许会不太顺利，然后我很快补充了一句，我觉得他肯定能够融入其中。招生助理愉快地挥手请我离开。"这样的学生我们见得多了。"她欢快地说道。

因此，我坐在走廊中的长椅上，任由自己被新学校、新生活的前景所诱惑。事实上，我完全无法控制萨姆的面试，也无法控制胡椒博士是否会接受他。尽管如此，快乐的画面仍在我脑海中流转，就像下载的照片一般飘入桌面整洁的新文件夹里。

这叫"幻想"。我们都会这样做。

第一次约会之后，我们便开始想象婚礼的场面。或者买了彩票之后开始幻想疯狂消费时的情景。有时，这些故事只是无害的白日梦。可是一旦白日梦开始变得疯狂，就会消耗我们的能量。我们最终经历了两次这样的过程。一次是在幻想世界，另一次是在现实生活中。我们编织了一个棉花糖般的故事，忽略了结尾有可能是黑甘草。

我在长凳上开始幻想，从容的学习节奏，优秀的成绩单，教室里的狗。

就这样！

我突然顿悟，站了起来！

我们只是需要一所石头建成的学校而不是砖瓦盖成的学校而已！

"哈里森夫人？""二手车推销员"打开办公室的门，四下张望，看上去安然无恙。萨姆也出现了，从他的脸上看不出什么。"很高兴见到你们，保持联系。"他明亮的嗓音犹如在吟唱。我握了握他的手，想知道我们是否被礼貌地拒绝了。沿着抛光的走廊走到门口时，我的脑海中闪现出一连串问题。

他们不需要我传真成绩单吗？

下次会面是什么时候？

萨姆会去参观校园吗？

还是去参观教室？

有太多问题还没有答案，我不断说服自己，面试只是一次热身，一次免费咨询。我无法向招生部门施压。当然，我想，他明天会打电话通知我开始走正式的申请程序。

但是明天来了又去。

萨姆将圣男子学校的夏季阅读清单带回了家。

随后是关于最后一次晨会的说明。

周围的母亲们兴奋地讨论着关于营地和家庭旅行的消息。

萨姆几乎忘了自己曾去石头学校参观过。

我依旧独自坚守我的秘密，继续"幻想"。到目前为止，它一直是一团寄托了我的理想的粉色蓬松棉花糖。

我每天都查看电话留言。要是石头学校打电话，我想马上抓起话筒回复。

我看了一眼日历。

四周。

再给他们一天时间。

没有任何动静。

也许他们很忙，我告诉自己。

我不想显得焦虑，所以我忍住了拨通电话的冲动。

萨姆面试五十七天后，我快要崩溃了，终于还是拨通了这个号码。招生助理仍然欢快地告诉我决策者不在。"但是很快就会有人联系你。"他们正在整理来年的学生名单。

我没有准备任何退路，因为这是我唯一的路。而且在我们的首选石头学校没有明确表态之前广撒渔网是不对的。这是最适合萨姆的学校，也是最接近我们下一个解决方案的选择。我再次祈祷奇迹能够出现。

十天后，已经进入了 6 月。我无法想象究竟什么事情居然要耽搁这么长的时间。也许萨姆在候补名单上。我再次打电话给学校，向招生部门咨询。

当招生主任接起电话的时候，我感到十分惊讶。

"二手车推销员先生？"我问道，"我想知道你有没有关于萨姆的消息？"

电话那头是短暂的沉默。

"萨姆·哈里森，我们大约九——不，十周前见过。"我接着说。

更多的沉默。

我的手机没电了吗？

"哦，"他淡然说道，显然有些措手不及，"我们已经招满了。"

更尴尬的沉默。

这是不是说他没有被录取？显然，我错过了一步？还是说他们现在招满了，但是几周后他会有一个更准确的数字？

他从来没有提过萨姆的名字。他从来没有因为我们选择了他们学校而表示感谢，祝我们好运，或是让我们马上滚蛋，或是诅咒我们倒霉。他从来没有建议我们选择其他学校。他表现得好像我们从未见过面一般。显然，他一直希望我们能够就这样走开。

我惊呆了，根本无法做出爽快的回应。哦，真的吗？你打算什么时候告诉我们？我心烦意乱地谢过他——其实没什么好谢的——然后挂了电话，好像我只是拨错了号码。

我跑进房间，扑倒在床上，钻到被子下面，像水手一样咒骂。怎么会有这么残忍的人？他觉得我连一个简单的拒绝都承受不起吗？这不是他的工作吗？他是什么时候做的决定，认为我们甚至不值得得到一个答复？

石头学校"砰"的一声关上了大门。砖瓦学校仍然敞开大门。但是萨姆正在溺水。我得赶紧制订一个替代计划。我们命悬一线。我们的学费押金要到期了。

第八章　镇上最热门的游戏

　　如果你的孩子是一个行为良好、写得一手好字的中等生，你就永远没有机会见到一个完整的下层教育产业。但是如果你的孩子十分闹腾，一些顶着你从未听说过的头衔的人突然就凭空冒了出来。

　　以传奇的教育顾问伊迪丝·戈德曼为例：她与专门针对学习差异的特殊学校、野外训练项目和治疗型寄宿学校有联系——我们根本不知道还有这样的地方。许多家庭专程开车从北卡罗来纳州来见她。她的办公室就在我最喜欢的市场对面，一个非常显眼的地方。

　　伊迪丝·戈德曼就像是摇滚巨星。她将是我绝望时的下一个希望。

　　我必须重新振作起来。斯图尔特下午很晚才能回家。我需要一些好消息来抵消坏消息。我擦干眼泪，抬起袖子擦了擦鼻子，在被子里摸索着找电话。强迫自己忍住啜泣许久之后，我拨通了她的号码，留下了口信。

　　两个小时后，伊迪丝·戈德曼给我回了电话。就这样，我终于预约到了一个令人羡慕的见面机会。后来我发现，她每天都会安排与抓狂的母亲们的开放式见面。

明天就轮到我了。她会在下午两点见我。

伊迪丝·戈德曼需要使出绝招。到目前为止，萨姆已经诊断出一系列问题：听觉处理问题、注意力缺陷多动症、学习障碍和难以治愈的对立违抗性障碍。他的学习成绩岌岌可危，愿意接受他的学校的范围已经大大缩小。

谁会愿意要他？谁愿意带走他？

戈德曼博士的办公室藏在一家雅致的礼品店楼上。这家商店售卖家庭聚会和学校集会的装饰：印有字母交织图案的有机玻璃托盘、佛罗伦萨式的皮制袖扣和巴伯尔防水外套①。多方便啊！我可以在去找出自己存在的问题的路上，为一位完美朋友的完美孩子挑选一份完美的毕业礼物。

我爬上楼梯，来到她摆满书本的狭窄的接待区，紧张地在一把桶背椅上坐下来，开始等待。

等待着。

我听到紧闭的房门后面传来一个低沉的声音。

随后就是沉默。

紧闭的房门打开了。

镇上最热门的游戏看起来就像是在南卡罗来纳州退休社区"仍有希望"大厅里闲逛一般。我的祖父就在那样的社区里度过了人生的最后几年。戈德曼身高五英尺，一头白发修剪得十分整齐。布满皱纹的脸上扑着粉，嘴唇上费劲地画了一道不和谐的樱桃红。我需要一个拥抱。相反，她伸出手，用冷静、权威的握手让我安心。

---

① 一种耐磨防水汗打过蜡的夹克衫。

奇怪的是，我得到了安慰，我知道自己没有来错地方。不知何故，我觉得等我走出办公室的时候，一定能够带着一些可以帮助我们前进的东西。

我盯着木板墙上的一个节疤，我冗长而枯燥地陈述着我们的麻烦，就像煮花生时高压锅里冒出的蒸汽一样喷涌而出：

不稳定的婚姻。

夫妻不一致的养育观念。

测试、测试、测试。

注意力缺陷。

利他林①。

卡丁车失事。

石头学校。

绝望。

她举起一支笔放到唇边示意我停下来。我满脸通红，结结巴巴地停下来。我已经快要进入躁狂状态了。

"我们有六周时间，"她说道，"来看看我们都有哪些选择。"

戈德曼博士研究过萨姆的档案。她知道他的过去，她有一个计划。"他可以回圣男子学校，但我们都知道那会让他痛苦不堪。尽管如此，有了就读机会，可以为我们争取一些时间。"

她从桌子上的一堆东西中抽出一份目录递给我。"我想提个建议。"小册子上写着：弗吉尼亚州夏洛茨维尔松

① 中枢兴奋药。

木学校。她希望我们每天通勤两个半小时吗？她想让我们搬家吗？我不太明白。

"我们需要怎么做？拼车吗？"

"那是一所寄宿学校。"

"让十岁的孩子上寄宿学校？"

她沉默了。

"我说过我们有选择的余地，哈里森夫人。我从没说过这些选择会令人愉快。"

一想到要送我十岁的孩子去寄宿学校，我突然有些惊慌失措。我艰难地忍住泪水。

"对家人来说，这个选择确实很难，"她的声音软了下来，会意地看了我一眼，"婚姻也是如此。"

————

松木学校是一所小型的男女混合的寄宿兼走读制学校，招收五年级及以上的学生。他们的专业课程针对的就是萨姆这些问题学生，但是学校距离里士满有一个多小时的车程。

该怎么跟斯图尔特解释这件事呢？他没有耐心反复思考一个问题，倾听我的观点，然后补充自己的想法。萨姆呢？我能在晚餐时坐下来，递给他一片厚片吐司，然后随意地问道："唔，萨姆，寄宿学校听起来很有趣，你不觉得吗？"英国皇室也许会将他们十岁的孩子送去寄宿学校，但是我不想将我的儿子送去那里。至少不是现在。

所以我什么也没做。

一周后，电话响起的时候，我正在第八百七十五次重播这一幕。

"松木学校秋季学期有空位。"

是戈德曼博士，她带来了我既害怕又希望的消息。

"我还没有准备好。"我脱口而出。在圣男子学校慢慢心死一直都是一个更好的选择。

"如果在9月底转学，我们之前交的学费就退不回来了。如果那时他还在挣扎，你觉得松木还会接收他吗？"

戈德曼博士深吸了一口气，但是依然十分镇定。

"我会再去确认的，"她说，"哦，哈里森夫人，我和石头学校谈过了。"

"真的吗？"

"他们说萨姆在面试中非常不合作。"

"非常不合作？他吗？"

"他告诉他们他绝对不会去那所学校。除此之外，他一个字也没有说。"

"我知道了。"

他们到底期望得到怎样的回答呢？谁会问一个四年级学生为什么他想转校？我仍然对石头学校的"背叛"耿耿于怀。

我知道我们在犯错。伊迪丝·戈德曼也知道。哀莫大于心死。在情感方面，我没有足够的耐力——现在还没有——再次冲锋陷阵。圣男子学校不是答案。但是一想到要把萨姆送到松木学校，我就觉得心情沉重，头晕恶心。

为什么我的孩子不能像其他人一样从四年级升到五年

级？这辆过山车会把我直接扔进疯人院。

——

那年秋天，当萨姆回到圣男子学校之后，每一个充满希望的日子很快都开始偏离轨道。

他们在9月提到了"扰乱课堂"，并举了一些例子。

"他掉队了。"他们在10月补充道。

伊迪丝·戈德曼不仅才华横溢，而且很有洞察力。

等到万圣节的时候，我逃避的后果已经显现出来了。我们的房子里回荡着"砰砰砰"的关门声、高声威胁、挑衅的眼泪，到最后，我崩溃了。"萨姆，亲爱的？"当作业之争再次升温时，我叹了口气。"我们彼此需要一点空间，你不觉得吗？这种为了一点小事就剑拔弩张的情况让我们四个人都筋疲力尽。我和爸爸在离这里大约一个小时车程的地方找到了一所非常酷的学校，我们知道那里非常适合你。你会遇到一群新朋友，你甚至可以在周末的时候和他们一起骑马！"

那个周日，我们把萨姆的露营装备塞进雪佛兰萨博班的后备厢，我们四个人钻进车厢，默默地开车去夏洛茨维尔。

经过松木雄伟的入口时，斯图尔特看了我一眼，他的眼神告诉我：这都是你的主意，最好不要出什么错。我尽了最大努力留住萨姆，但是，我们不得不把他托付给陌生人。

学校的办公室和教室坐落在山谷中，周围是连绵起伏的牧场。最初这里是农舍，后来，在山上用煤渣砖建造了宿舍。我在宿舍里看到了很令人沮丧的一幕：板条箱家具、有缺口的油毡和单调的公共浴室。这个新"家"在十岁孩子的眼里会是什么样子？

我能做到。

他能做到。

我要装作他是要去露营。

当我把床罩铺在下铺不柔软的床垫上时，泪水模糊了我的双眼。我把最上层的床单拉平、将床单尾部掖到床垫下面，像护士铺病房床单那样将侧面的床单翻折压入床垫下做出一个直角的时候，希望我的家人们没有留意到我。这种慈母般的感觉安慰了我，即使萨姆可能根本没有注意到。

当我把一叠整齐的衬衫和短裤放进指定的抽屉里时，一个头发蓬乱、面带微笑的年轻人出现在门口。

"萨姆！我们一直在等你。我是米奇。很高兴见到你，伙计。我是你的宿舍辅导员。"他拍拍萨姆的背，然后转身向斯图尔特和我打招呼，"你们可以去办公室讨论最后的问题了，"他以一种富有同情心的声音说道，然后继续愉快地说，"萨姆和我还要忙一个下午！你们今晚可以谈谈，周六再来看他，可以吗？"

萨姆看向我们，我像摇头娃娃一样点点头。"你能行的，伙计，"斯图尔特说，用善意的玩笑填补了尴尬的时刻，"我敢打赌他们在这里有很多好玩的东西。周六的时候你可以好好跟我们说说。到时见。"

　　"好的，萨姆，有几个人等着见你……"米奇是转移注意力的大师。当萨姆转身向我们挥手时，我知道他正在装出一副勇敢的样子。我们都在为这场分离做准备。

　　我们很快建立起一种生活节奏，大多数周六往返于夏洛茨维尔和里士满。老师每周会向我们报告一两次。学校就像一个快乐的大家庭，给了我们喘息的机会。没有每天与萨姆之间的"拉力赛"，早已成为惊弓之鸟的夏洛特、斯图尔特和我渐渐开始了平静的生活。我们一直生活在高度戒备的状态中，时刻准备着应对冲突。现在，我们可以尽情地深呼吸了。宁静开始抚平心灵的伤痛。我必须承认，我已经忘了一个平静的家究竟是怎样的感觉了。

　　还有几个里士满的孩子也在松木学校就读。那些家庭，还有一对来自夏洛茨维尔的夫妇，成为我们的支援团。但是，就在我们拧紧一个轮子的时候，另一个轮子就快掉下来了。

第九章　不文明的战争

　　感恩节前不久，斯图尔特和我去山里一个典雅的度假胜地进行了为期三天的公司团建。一半是公事，一半是娱乐。上午开研讨会，下午可以自由选择打网球、高尔夫球、徒步旅行或享受水疗服务。夜晚可以参加精心安排的晚宴，喝鸡尾酒。周末结束时，我们还在现场乐队的伴奏下参加正装舞会。经纪人和他们的配偶迫切地盼望着这次奖励旅行，这是公司给予业绩优异员工的奖励。过去，我也很期待，数着日子等待这一天的到来。在家里度过的相对平静的几周里，我几乎没有任何不安的感觉。现在，这种感觉再度浮出水面。

　　结婚那年，我二十二岁。斯图尔特和我在大学时代就已经开始约会了，所以当他萌生结婚的想法时，似乎是水到渠成的事。我母亲很早就结婚了。为什么不呢？我挑选了银色婚纱，定在 6 月结婚。我的祖母向我保证，那时她珍爱的香水月季将会盛开。

　　我想我的心里有着顾虑。每位新娘不都有吗？可是一旦邀请函寄出之后，就像是挤出管子的牙膏，再也塞不回去了。

十七年后，斯图尔特和我形同陌路。我们之间的分歧堆积如山。由于缺乏维持长久婚姻所需的技能，我们只能在表面上解决所有冲突，而且通常采取的是一种被动的模式。我们没有任何东西可以依靠，也没有资源可以用来建立起任何依靠。我们在萨姆的问题上产生了极大的分歧。我一直在独自寻找解决方案，迫切地需要一个合作伙伴，因此不断提醒他多加关注。

"现在没空。

"没看见我很忙吗？

"我得去打高尔夫了。

"当然可以谈一谈。明天吧。"

但是这个明天永远不会到来。

斯图尔特的注意力集中的时间很短，而且他的肢体语言体现出他的不屑一顾。他把全部精力倾注在工作、高校橄榄球比赛、高尔夫和网球上。如果我开口说话，他就会双手一摊，跑到十二英尺开外，让我不得不住口。他没有解决分歧，而是走出房间，或是离开家。

也许是我把他逼到了这一步。也许是他那位曾经酒瘾很重的母亲，以一种迂回的方式教会了他如何建起心灵之墙。我不再关心这是为什么。我在寻找解决办法、生存之道以及一些温暖和新鲜的空气。我们开始尝试治疗，尤其是当萨姆的问题越来越严重的时候。但这只是另一个创可贴，我们需要的是止血带和大手术。

与大多数南方女孩一样，我经常在遇到困难时在乡村音乐中寻求安慰、指导和力量。多莉、费丝和沙妮娅都和我聊过，用陈腐、深刻的方式拯救过我。这一次轮到了马丁娜。第一次听到《这场不文明的战争》（*This Uncivil War*）时，我站在百货公司的更衣室里僵住了。"前线一片寂静。你可以用刀撕开它。"

我正在试穿一件小礼服，准备参加周末的酒会。我站在那里，没有拉上拉链，任凭歌词刺痛我的心，让我立刻感到阵阵寒冷。

我空手离开了商店。我需要比漂亮的礼服更复杂的东西。

我收拾好行李，为周末做好准备，知道无论多少次海盐按摩都无法改变这一切。每周六下午，斯图尔特都在高尔夫球场上度过。更糟糕的是，我并不太介意。当太阳慢慢在阿勒格尼山脉后落下，装作婚姻幸福，以时髦、成功的夫妻形象出现在人前的愿望开始减弱。我盯着挂在酒店壁橱里的晚礼服。那一刻，我的内心经历了地震般的转变。

我再也不能这样过下去了。

我没有穿上礼服，因为我不打算参加派对。我不打算参加派对，是因为这是我有生以来第一次完全不在乎自己的形象。我完全不在乎自己的形象，是因为对我来说，我们的婚姻已经变成了一个空壳。这就是我的真相。

我叹了口气，关上壁橱门。然后，我拉开白色提花织纹床罩，钻了进去。

听到斯图尔特开门的声音，我没有动。鸡尾酒会很快就要开始了。他有二十分钟时间洗澡、换衣服。没有时间交谈。"你怎么不换衣服？"看见我还窝在床上，他吃惊地厉声质问道。

"我不去。"我说道，尽管内心在声嘶力竭地嘶吼，我依然尽量保持表面上的平静。他匆忙穿好衣服，离开房间，难以置信地摇着头。我沉沉地睡去，精疲力竭，因为刚刚开口说话已经用尽了我全部的力气。

你可以留下来抓住机会，

你也可以逃命。

一面正在撤退，

另一面落荒而逃。

马丁娜一定对我们的关系有所了解。

要坚持内心的想法吗？我们在一起十七年了。但是这里很暗，而且很拥挤。我有幽闭恐惧症。我应该认输吗？这种关系对我们来说都不健康，也许分居对我们来说会更好。

———

周日下午，我们一言不发地开车回家。显然，我经历了内心的最后一场战争。收音机里传来里芭·麦肯泰尔的新歌《独自寂寞》（*Lonely Alone*），乡村音乐女神传递的另一条信息。

车子行驶到斯汤顿附近的某个地方时，我打破了沉默。

"斯图尔特，我们俩都很久没有感受到快乐了。"

他绷紧下巴，盯着前面的路。

"我再也不能这样过下去了。我已经决定了。对不起。"

他叹了口气，戴上墨镜。剩下的路程中，谁都没有说话。

我一生都在遵循规则，做正确的事情。突然间，我不仅说出了自己的真实想法，而且确信自己能够鼓起勇气去生活。感觉就像是纵身跳下飞机，除了相信降落伞会在我摔到地上之前"砰"的一声像巨大的蘑菇一般在我头顶炸开之外，什么都没有带！我不知道自己是怎么了，但我不会再像任何人想的那样轻举妄动。我加倍祈祷，希望有一天我们的孩子会明白。

"你与世隔绝了这么久，"一个朋友后来告诉我，"你已经习惯了黑暗。阳光的感觉很好，但是一开始你会觉得刺眼。你得到了渴望的自由和清晰，但这充满了不确定性。"她说得对。但是一旦我走出那个黑暗、狭窄的地方，我就渴望获得更多的光明。

在安静的小地方，
你可以看到小小的脸庞。
他们蜷缩在卧室门外，
祈祷这场不文明的战争早日结束。

马丁娜和我花了很多时间祈祷。

由于我们的婚姻已经紧张得面目全非，斯图尔特同意分居。告诉孩子们这一决定的那一天对我们四个人来说都是毁灭性的。那个周末萨姆在家，所以我们一家人聚在一起。他突然哭了，跺着脚上楼回到自己的房间，"砰"的一声摔门。家庭娱乐室的百叶窗"啪"的一声撞在窗框上。夏洛特坐在我们中间，双手交叉放在膝盖上，直视前方，就像老鼠一样安静。

斯图尔特在我四十岁生日的那一周搬了出去，住进了他的公寓。这场生日庆祝与我想象的完全不同。

第十章 苦差事

孩子们还小的时候，我包揽了他们的所有事务。

实地考察？

我的车能容纳六个人。

家委会？

15 号报名截止。

三年级戏剧表演的服装？国际品酒日？

我敢打赌，我得掸掉胜家缝纫机上的灰尘了。

我欣然当起了全职妈妈。但是我很期望在孩子上学之后就能重新开始工作。我学过会计，主修商业。在怀上萨姆之前，我曾短暂地在一家律师事务所工作过。最优秀的人聘用了我。我与人共用一间办公室。我有名片。我赢得了公司的尊重。虽然短暂，但是招聘协调员这个职位满足了我从事脑力劳动的渴望。我爱工作，爱同事，爱思考。

分居之后，我的脑袋又开始在水面上下浮动，那种渴望伴随着咆哮的痛苦又回来了。但是这一次，是我的灵魂渴望得到滋养。过去的几年里，我的疗法一直是用双手在土壤中耕作、培育植物。我希望接下来的事情可以培养我的创新才能。要是我知道该做些什么就好了。

结果，答案就像指甲里的污垢一样简单。

在我所居住的这片区域，女人们会修剪玫瑰，但不会除草。但是我们这条街道不太一样。我们六个人在花园里不知疲倦地工作——有人骄傲地推着割草机。当我们的孩子骑着自行车到处溜达，在车道上投篮，或是在后院的游戏室里玩过家家的游戏时，我们种下球茎，仔细研究种子目录，争论蕾丝帽比拖把头好在哪里。共同的爱好激励我们每个人挖得更深，随着时间的推移，这种联系就像紫藤一样缠绕着我们，变得坚定而强大。

我的父母都有园艺方面的才能。我的外祖父母种植的玫瑰曾经获过奖，我的祖父种植玉米和大豆。一年春天，当我看着我的西班牙风铃草和椴椤绽放出五彩缤纷的花朵时，一个想法在我心中萌生。我能做到。

萨姆住在学校，斯图尔特搬了出去，我不需要再屏住呼吸。我的肺部氧气充沛，因此精力恢复，创造力开始绽放。我没有意识到我压抑了多少痛苦，我有多么沉默寡言，这段婚姻关系如何耗尽了我的精力。分居之后最初的几个月里，我就像迎来久违的甘霖之后的花朵一般舒展开花瓣。一个新的念头在我脑海中闪过：是时候了。我准备好了。

我的邻居安妮刚刚通过了乔治华盛顿大学的景观设计师认证。得知乔治华盛顿大学在里士满开设了卫星班①，我非常激动。既然我的生活已经从围着尿布和沙坑打转的

---

① 指特殊教育学校附设在普通学校、服务于特殊教育需要学生的班级，是促进特殊教育走向融合教育的一种教育安置方式。

日子变成了以棒球和芭蕾为中心，我也渴望能够迎接一个富有创造性的智力挑战。我一直在穿高跟鞋和连裤袜，但是那些穿着西装参加家长会的母亲提醒我，我渴望拥有一份工作——领取一份薪水。也许我可以把我对园艺的爱好变成一项事业。我可以穿上靴子和牛仔裤去挖土，然后拿到我的工钱！安妮有三个孩子，如果她都能做到，为什么我不能？

报名这个课程之后，我就迫不及待地想要开始潜心钻研。我带着采购清单直奔购物中心：彩色铅笔、笔记本、制图桌、丁字尺、绘图纸、仿羊皮透明膜和迈克尔·迪尔的《木本园林植物手册》（*Manual of Woody Landscape Plants*）。

我在过道里徘徊，绞尽脑汁想办法争取学习时间。每周有两晚我会订比萨，安排备用拼车，提前做好饭，将一些食物冷冻起来。夏洛特已经准备好去完成一些"大姑娘"可以完成的家务。这对她也有好处。

我将制图桌放在卧室的大落地窗旁。我已经计划好了一切——上课时间、日程安排。如果碰上课程的截止日期，夏洛特可以住到斯图尔特那里。我想象着自己受到鼓舞、富有成效、获得成功的模样。明年这个时候，我的客户名单就能有一英里长。

———

斯图尔特和我继续通过律师进行磕磕绊绊的交流。我们试图进行调解，努力将成本和损失降到最低。事实证明，这种做法完全失败了，我不得不寻找自己的代理人。经过几个月的讨论和谈判，我们在分居协议中明确说明要卖掉我现在居住的房子。我把房子挂牌销售之后，就开始学习景观设计课程。

"这类社区？"我的房地产经纪人埃莉诺·海因斯·卡斯蒂斯刺耳的声音说道，"你会发现，它马上就能卖出去。"但是让房子保持随时销售的状态并不容易。每次埃莉诺带人来看房时，我都会拆掉我的制图桌，把它藏在看不见的地方。

———

萨姆十二岁的时候个子已经比我高了，一个身材魁梧的小伙子。他喜怒无常，偶尔还具有攻击性。我如履薄冰，害怕激怒他。更糟糕的是，他会像水手那样骂人了。

夏天很快就要到了，萨姆回家之后需要有人时刻看着他。不能去夏令营，我该怎么管他？只要我转身接个电话，或者专心听一分钟的课程，就会发现他开着他的卡丁车冲上繁忙的街道，在一个陡峭的斜坡上猛踩滑板，或者干脆就不见了踪影。

那年秋天，萨姆将开始他在松木学校的第二年也是最后一年的学习生涯。我快要疯了。接下来能给他找到怎样的学校呢？

———

上课的时候，我进入了一个内心深处一直渴望能够到达的地方。想象出大片美丽的花朵并且用一把丁字尺将这一设计精确地绘制出来的念头让我发自内心地觉得快乐。但是几个小时的作业让我窒息，耗尽了我全部的精力。为了能够完成接二连三的作业，我常常需要熬夜到凌晨。

埃莉诺说得对，没过几天我们的房子就脱手了。所以现在，我开始把注意力转向了找房子。我很快看中了一幢都铎风格的房子，按现状出售，而且定价合理，但是它非常需要进行全面翻新。我想象着换上不锈钢电器、翻新浴室和地板之后的模样，而且犯了每个购房者都会犯的错：我低估了翻新所需的时间、金钱和精力。

夏洛特和我搬进一间小出租屋，为了不支付储物单元的费用，我把多余的家具塞在我们不用的阳台上。由于跟不上课程，我的项目充其量只算是半吊子。我父亲会把这叫作"七寸脚穿三寸鞋"。现在回头看，我会把这叫作疯狂。

———

提到萨姆，我扮演了一个私人侦探的角色，我竖起耳朵，留心打探可以解决他不断增加的挑战的专家。在寻找学校方面，伊迪丝·戈德曼可谓是及时雨。但是我依然到处寻找能够应付他全部把戏的专家。到目前为止，我能找到的支持都是零碎的：这方面的导师，那方面的诊断。他见过听觉矫正专家或治疗师，他们给他开了一大堆处方药。如果需要的话，我会找个专家，求斯图尔特记住会面时间，把萨姆从松木学校拉回来。但是分配给我们的五十分钟过去后，萨姆的资料又会被塞回抽屉，我们又会光着屁股在雪地里无所事事。就没有一位专家搬来和我们同住吗？萨姆的问题没有这么容易解决。

萨姆对自己没有信心，他不安、急躁、沮丧，从来无法长时间集中注意力。他患有多动症。一旦了解了这一点，知晓这种疾病是如何阻止他减缓头脑中不断变换的事物并消耗他的内在资源，我就不再想责怪他，而是想为他哭泣。

这些问题不会"因为长大而消失"。现在不会。除非进行干预，否则萨姆的认知、情感、社会性行为等问题会跟随他进入成年期。我从附近的小道消息中听说了爱德华·布鲁克斯，一位治疗过弗吉尼亚州许多最具挑战性的孩子的专家。大部分是男孩。叛逆、对抗、总被叫进校长办公室的多动症男孩。上述症状我的儿子都有。

宣传手册中说，他的治疗包括组建一支综合性团队，"帮助病人认识到他们在五个主要表现领域所具备的优势：医疗、情感、教育、职业和社交"。我绝望地打电话给布鲁克斯。据我所知，萨姆将被视为一个完整的人，而不是一堆症状。

从混乱的青春期会犯的正常错误中梳理出真正的疾病是一门不精确的科学。情绪变化和抑郁犹如暴风骤雨般滚滚而来，荷尔蒙时高时低，焦虑加剧，即使是对那些适应能力最强的青少年来说也是如此。唯一的模式就是没有模式。

没有一个人能够拯救你的孩子。你需要一个团队。

爱德华·布鲁克斯同意见我的时候，我激动得想要跪下来表示感谢。如果我试图将收集到的信息告诉斯图尔特，他可能根本不会理会。我依然寄希望于这样一种假设，即专家的意见通常更容易为人接受。当我将车子停在镇南边一栋低矮的白色办公楼后面的停车位上时，开始哼起了《奇异恩典》（*Amazing Grace*）。我锁好车门，鼓起勇气。

我们又来了。

我能做到。

候诊室的墙上贴满了男孩的照片，他们看上去无忧无虑、身体健康。他们背着背包，穿着登山鞋。他们攀岩，沿着绳索下降，划皮划艇。布鲁克斯博士开创了一个野外治疗项目，我想象着萨姆的脸出现在这些集体照中，成为布鲁克斯又一例治疗成功的案例。

他打开门，把我领进他的办公室。书架上放着诱饵鸭、攀登绳、登山锁和丁字镐。我坐在他对面，再次开始倾倒几年前在戈德曼博士面前倾倒的那堆苦水，因为比那时更加焦虑，我的语速变得更快了。我停得下来吗？布鲁克斯博士专心地听着。结局能够圆满吗？

"你遇到了一系列问题，"他说道，"学习上的问题、对抗型挑衅、父母存在分歧。所以我们的解决方案也需要是多方面的——以应对多方面的问题。否则，我们就只是在修理钟表的一个指针。"

哈利路亚！坐在大桌子后面的心理医生第一次肯从整体上看待萨姆身上的问题——把学术、行为、情感和家庭问题以及它们如何纠缠在一起联系了起来。这并不容易，但是我已经准备好再次启程。现在，我们终于找对了地方。感谢上帝！要是能让斯图尔特也加入就好了。

　　我们要做的第一件事就是测试，布鲁克斯博士说道。"建立学术基础。"咨询内容将涵盖我们三个人之间的所有关系：萨姆与萨姆，萨姆与斯图尔特，萨姆与我，萨姆与斯图尔特和我。布鲁克斯涵盖了所有基础。他答应在适当的时候将夏洛特加入进来。可以考虑野外项目，他补充道。如具有必要，我们会考虑寄宿制治疗学校。就是那种一边治疗，一边完成数学和历史作业的学校。那天，我带着希望离开了他的办公室。因为知道萨姆的问题真实存在，而且比我意识到的更普遍，这让我感到一种扭曲的安慰。我不是唯一一个盲目拼拼图的母亲。布鲁克斯以前见过像萨姆这样的男孩。他治好了他们，候诊室里的照片就是证明。

　　我乐观地开车回家，准备回家接着画图。我们已经找到了解决萨姆问题的秘密武器。我也觉得自己的价值得到了证实。萨姆的问题不是我臆想出来的，我没有对他管东管西，也没有把不切实际的期望强加在这个暴躁的少年身上。

　　在这段时间里，布鲁克斯博士会成为我们的总司令。

———

　　"你把孩子管得太严了。"斯图尔特不止一次发过这样的牢骚。我有吗？与他同龄的其他男孩可以喋喋不休地谈论大学棒球比赛的统计数据，在詹姆斯河岸垂钓几个小时，或是在高尔夫球场上打十八个洞。但是萨姆缺乏沉浸在目标或激情中的内在机制，就像一辆掉链子的自行车，他无法抓住、维持、发挥和激活自己的天赋。

"在患有注意力缺失症的人的心里只有两种时间，"内德·哈洛韦尔曾说，他是具有开创性的书籍《失魂落魄》（*Driven to Distraction*）的作者，"现在，不是现在。"在万圣节说这句话总能令父母捧腹大笑，但结局却很悲惨。当然，目前缺少的是延长的现在——在培养新技能上投入的时间，不论这项技能是做诱饵，还是反手击球。对萨姆来说，这可能意味着教他的金毛猎犬波猎鸭。但是多动症儿童不愿等待。他需要即时满足，否则他就会去追逐下一个闪亮的物体。这就是我的萨姆。

与布鲁克斯博士的会面证实了我对萨姆是否有些不正常的怀疑。早在我在罗斯林路大发脾气之前我就产生了这样的想法。

———

20 世纪 90 年代中期，像萨姆身上出现的这类问题刚刚为人所知，青少年精神病学这个领域也是如此。然而，这是一个隐晦的话题，只能在临床或学术范围内讨论。那时，精神病学这个词依然会让人想起"疯人院"里的软壁病房、约束衣和额叶切除术留下的疤痕。我对行为健康的研究一无所知，因此当我听说丹佛的朋友苏珊在研究精神病学时，我一直很好奇她的客户都从事何种疯狂的职业。精神科医生是为其他人服务的。不是我，也不是我的家人。

奇迹出现了，斯图尔特不情不愿地同意下周去布鲁克斯博士的办公室。我重新安排了地板打蜡的时间，并且为最近的一次家庭作业申请了延期。

布鲁克斯博士概述了他的策略。萨姆需要心理学家和行为矫正治疗师，那样需要花很多钱。他的计划需要斯图尔特和我共同参与。我们俩需要在萨姆的教育上保持一致。我们需要全员参与，让每个人充分发挥作用。"而且，"布鲁克斯博士谨慎地补充道，"我们仍然不能保证我们的努力会有回报。萨姆必须配合我们。"

斯图尔特心不在焉地听着，不时看看手表，显得坐立不安，好像他还有更重要的事情要做。我知道接下来会发生什么。走出布鲁克斯博士的办公室前，我们一直表现得安静而有礼貌。但是一出门，他就转身，怒气冲冲地走向自己的车，还举起双手喊道："一派胡言！"

这些话犹如一记耳光，刺痛了我。他彻底否定了我的考察、研究、母性的判断和敏锐的直觉。他把车倒出停车位，开走了。我站在停车场，感觉异常孤独。几个月来，我一直在为这次会面做准备，但是他在瞬间竖起了路障。

我不知道该如何解决这种困境。让斯图尔特踏进精神科医生的办公室真是太难了。也许他无法接受布鲁克斯坦率的态度。在我看来，他的愤怒和反对很像是傲慢。也许他之所以会有这样的态度，纯粹是出于恐惧？布鲁克斯的分步实施步骤让我感到安慰，但是对斯图尔特来说，布鲁克斯完全是提出了一个庞大、混乱、耗时而且回报还不确定的提案的陌生人。

在接下来的六周里，我们回到布鲁克斯的办公室研究测试结果、回顾图表并且回答十分详细的问题：萨姆有宵禁吗？（是或否）我们的沟通模式是什么？（有模式吗？）我们的触发对象是什么？（以上都是？）我需要一遍又一遍地提醒斯图尔特不要忘了这些会面，但是他从来没有将它们当成优先考虑的事项。他不止一次地"忘记"或是需要处理"工作中的问题"。

我们打开了潘多拉的盒子，害怕会在里面发现什么。布鲁克斯博士收集到的关于萨姆的信息越来越密集。我们深陷其中。斯图尔特和我必须投入更多的精力。这与让萨姆去参加辅导课不同。我们都需要出现并做出承诺。为了解决这些棘手的问题，我们需要面对每天都要面对的困境。但是布鲁克斯博士的探究越深入，斯图尔特就显得越不耐烦和不屑一顾。与此同时，我的学习进度已经严重落后了。

"我们下周什么时候能见面？"第五次会面结束时，布鲁克斯博士问道。

"周二和周四我有课，"我边说边翻阅已经卷边的记事簿，"不过其他时间我都有空。"

"下周起我有一连串的约会。我不知道什么时候有空。"斯图尔特朝我这边看过来，耸耸肩。

布鲁克斯博士僵住了。他慢慢摘下眼镜，放在我们之间的咖啡桌上，深深叹了口气，然后小心翼翼地开口。

"哈里森夫妇，只有遵守我们的协议才能实现最佳效果。我们的目标是为这个年轻人制订一个终身计划。如果我们不能形成统一战线，就不会有任何效果。"他伸出手，在我们之间画了一个圈。

我的心又碎了。布鲁克斯博士要放弃我们吗？我们还没有看到特别大的成果，但我确信，他正带领我们走上一条可以帮助萨姆和我们全家的道路。

我十分震惊。回想起来，布鲁克斯博士是仁慈的。他本可以让我们一直来，不断拿走我们的钱。但是他知道，如果我们无法保持一致，他就帮不了我们——或者萨姆。也许斯图尔特也很仁慈，因为他无意采纳布鲁克斯博士提出的需要全身心投入的计划。他在第一天就说得很清楚了。

那天下午，我回到出租房，身心俱疲。新房整修过的地板没能如期晾干，我不得不延后入住日期。我们仍然在蜗居，我错过了两节课和项目的最后期限。夏洛特和她爸爸住在一起的时候，我每一分钟都在工作，常常忙到深夜。尽管如此，我还是没赶上进度。我没有时间坐下来闻风信子的香味，更不用说学习它们的拉丁名了。我始终没有摆脱困境。而现在，布鲁克斯博士要放弃我们了。这是压倒我的最后一根稻草。

我不得不搁下我的园艺梦。我退出了景观设计项目。失败让我感到空虚和沮丧。我能拥有属于自己的东西吗？我觉得我的轮胎正在雪坑里打滑。我能开到坚实的地面，继续前进吗？

我听到祖父母的告诫，看见他们不满地摇头："他们长得太快了。你不想错过他们的成长。孩子还小的时候，你有责任把他们放在第一位。"也许现在还不是关注我自己的时候。这门课所引发的兴奋正在消退。我能听到职业之神对我的嘲笑：

你想找到真实的自我？

你想找到目标，成就自我？

你梦想找到激情，获得回报？

让我们拭目以待吧。

在未来的几年里，我会一次又一次地给伊迪丝·戈德曼打电话。萨姆会见了十几名专家，积累一系列新的诊断结果：躁郁症伴有夸大症状、边缘型人格障碍和自恋型人格障碍。我已经数不清了。

这条路似乎没有尽头，前途未卜而且令人疲惫不堪。只有一步步踩在雪地中才能通过。

布鲁克斯博士向我们抛出了一条救生索，但是还没等他把我们拉到安全的地方，斯图尔特已经割断了这条绳索。救援船渐渐驶离，我独自在黑暗的海洋中漂浮，看着它越来越小，最后消失在地平线上。

第十一章　从未有过的时光

　　我把希望寄托在了爱德华·布鲁克斯身上。由于他已经放弃了我们，我就没有了任何后备计划。没有下一步，我麻木而无望地过着接下来的日子。"这种状态已经持续多久了？"当我打电话告诉兰时，她问道，"一点也没有好转？"

　　随着萨姆从二年级升到三年级，然后升到六年级和七年级，一个令人悲伤的现实出现了：令人心碎的不仅仅是萨姆身上所发生的事情，还有本该发生却没有发生的事情。

　　"我多希望我能告诉你萨姆如何在中学季后赛中投进制胜一球，或者在教堂带领大家进行复活节游行。我多想他可以耐心地和爷爷一起坐在水鸭帐篷里看日出。"我喋喋不休地说着，好像是在自言自语。

　　"你做不到，"兰明说，"因为他没有这样做。"

　　在人生中本应留下美好记忆的地方，萨姆却是一片空白。各种快照与荣誉奖状，优秀学生荣誉证书，加分或写着"好样的"的作业单，其他孩子将这些装在背包里带回家，用冰箱贴粘在属于其他父母的其他房子里的其他冰箱上。这些统统与萨姆无关。

没有学校舞会。没有球队名册。没有大学旅行。毕业后，他在找到第一份真正的工作后兴奋地租了一套单间公寓。我从未去过那里。

下次见面时，我在"书友会"上提起了这个话题。房间里的所有人在点头，想起了没点蜡烛的生日蛋糕和取消了的家庭旅行。

"我们从未有过这样的时光。"兰在西莉斯特的咖啡桌旁叫道，"我有一份从未实现的幸福家庭记忆清单。我们都有。"

———

从梦想组建家庭的那一刻起，我们就生出了一系列期望。但是如果想象中那个崭露头角的四分卫参加了数学竞赛，你就需要重新规划通往这个新目的地的路线。你最终能够到达那里。你们俩都能。

但是毒瘾不同。它会踮起脚，悄无声息且狡猾地搅乱你的希望和梦想。一旦儿子或女儿卷入了毒瘾的旋涡，父母只能无助地站在一旁。一瓶啤酒也会引发毒瘾。一旦毒瘾开始肆意横行，就会将青春从他们身上夺走。我们认识的那个孩子被这个丑陋的入侵者淹没并且卷走了。

我们该怎么做？密切注意。相信你的直觉。如果昔日活泼的啦啦队长躲在房间里，通过隐秘的聊天室交流黑暗诗歌，这就是不祥之兆。这很反常。这绝对不是胡说。你一定要介入。

最仁慈的朋友是那些在你单身时替你留心的人。我很幸运，我的父母愿意牵线搭桥。罗伯特是一名离异的保险主管，住在费城的梅因莱恩高级住宅区，独自抚养两个儿子。他是个恋家的人，每隔几个月就回到里士满看望父母。我们就是这时相亲的。幸运的是，一切都很顺利。

他的酒窝和冷幽默迷住了我。晚餐时，我们发现我们拥有几十个共同的朋友。我还没有准备好全心投入一段感情，所以与罗伯特之间的距离感让我觉得很舒服。他来里士满的时候，我们会见面。与此同时，我们会在电话里聊到深夜。渐渐地，我们的友谊开始升华。

由于罗伯特在费城上班，他的儿子们也在那里上学，我们继续保持着这种异地恋的关系。2月的一天，在家人和几个密友的见证下，我们结婚了。我们认为，眼下各自居住在原住地可以将家庭变化带来的影响降至最低。等所有孩子都上大学之后，我们再购买或建造一幢自己的房子，一个共同的家。

与此同时，工作日里，我们会在各自所在的城市照顾自己的孩子。周末，我们会见面，有时还会带上孩子们。我们开玩笑说，这种转变如此渐进，也许他们根本不会注意到。

当两个家庭因再婚而融合时，曾经属于各自的问题就变成了共同的问题。存在"吸毒问题"的孩子就像糖尿病或哮喘一样，会给已经充满挑战的家庭生活再添一层压力。毒瘾问题时好时坏，很难处理，因此继父母们需要具备比平时更多的移情能力。

"那些你无法拥有的时光越积越多，"那晚，西莉斯特在"书友会"警告我们，"而且这些时刻会如影随形。"

五年后，当我陷入愤怒的恐惧之中时，罗伯特和我正在夏洛茨维尔观看一场足球比赛。看见旅行野餐的人们，我只能强忍泪水。10月的天空蔚蓝、纯净，体育场热闹非凡。乐队在演奏，人群在欢呼，而千里之外的萨姆却待在一间牢房里。西莉斯特是对的。我甩不掉它。这些无法拥有的时刻始终萦绕在我的脑海中。

"你怎么了？"罗伯特抱怨道。如此美好的一天，谁会不开心呢？他是这么想的吗？海巫婆厄休拉①突然从深海盘旋而上。"你在开玩笑吗？"我说道。我差点想把他抓成光头。"现在我在弗吉尼亚大学，周围全是即将读大学的孩子，可是我儿子却不在这里。"

"可是你的继子在这里？"他把意大利面条甩在后挡板上，希望它能粘住。

"我知道，但是我从来没有和萨姆一起参加过这样的活动。你不知道那是什么感觉。"我的上唇不由自主地开始抽搐，泪水弄花了我的眼线。"很难过，就这样。让我一个人静一静，好吗？"

"这不是第一次了，琳达，"他追问道，"我们已经处理这个问题很久了。"他正在步入雷区，"为什么现在又要提起这件事？"

"我没有别的想法。别管我。让我自己坐一会儿。这是我的感受，我有权拥有这样的情绪。给我点时间。会过

---

① 迪士尼动画《小美人鱼》中的章鱼海巫，也是最经典的迪士尼反派角色之一。

去的。通常都会。"

他举起双手，喃喃自语："明白了。"他走开的时候，我能看出来，他正在与更深的同情心搏斗，试图理解我的感受——即使我自己也不知道自己为什么会这样。我的丈夫无法理解我在那一刻心灰意冷的感觉。没有人可以，除非他们有过这种经历。

我之所以会陷入低落期，不仅仅是因为秋日举办球赛的那个清爽的周六，萨姆被关在科罗拉多州的监狱里，而是因为这些年来我一直在心中为他所描绘的蓝图。

在那里，萨姆是一位大学生，在看台上为他的球队欢呼。这个愿望过分吗？显然，我需要做出调整。

———

"书友会"的新成员茜茜称之为"育儿工资"——当孩子让你感到骄傲，当你看到一点回报时所感受到的那种满足感。但是如果孩子不断为你带来沮丧和恐惧，你就会开始和其他人交流经验。你会想：我从未应聘过这份工作。

当我们在我最喜欢的沙拉店吃午饭时，茜茜用语言表达了这种感觉。"十八年来，我们没有任何值得骄傲的事情，"她说，坦诚让她觉得释然，"我没有意识到我是多么迫切地需要这正强化。有谁不是这样的？孩子，可怜可怜我吧！"现在，她开始嘲笑自己渺小的愿望了，"给我一份写着'干得好'的作业纸，或是科学展览会上的棕色丝带。"

"还有棕色丝带？真的吗？"

"第八名。我们会拿到的！那是育儿工资，是一切正常的标志。"茜茜解释道，"所以，你的孩子不是领先者。但他周围的人都是。该死！"

茜茜叹了口气。"我的哥哥都是天才。一个去了达特茅斯学院。一个是优秀毕业生。这就是我的标准。所以，现在我来到了一个颠倒的世界。我儿子在班上垫底，这还全靠一群辅导老师撑着。我不了解这个世界。我得好好熟悉一下。可怜的纳特。我很爱我的儿子，可我们从未有过任何值得骄傲的时刻。"她屏住呼吸，低下头。这种遗憾显得狭隘和自私。"哦，等等。我收回这句话。有一次。"

"有过一次？"我一次都没有。

"二年级的时候他带回来一张压膜的绿色纸片，上面写着：'我今天过得很快乐！'"

第十二章　我找不到拉链拉头

　　没有了制图桌和截止日期，我的日历上开始出现了一些空白。终于可以呼吸了。

　　夏洛特现在已经八岁了。我打算和她去南卡罗来纳州度周末。两个女生打算开车去看看外祖父母。我们计划在老虎队的死亡谷体育场观看佛罗里达州立大学对阵克莱姆森大学的比赛。我们会看到旅行野餐、一大片橙色和紫色的衣衫以及许多老朋友。好多人都会在那里。但是本该无忧无虑的社交周末，最后却以急诊室和一打儿看起来像橙色小足球的阿普唑仑①告终。

　　周日早上在童年的卧室里醒来时，我不禁思绪万千。我知道有什么不对劲。夏洛特在我身旁睡得很香。我屏住呼吸，从床上下来，蹑手蹑脚地下楼，祈祷一杯热茶能让我稳定下来。烧水的时候，我开始不停地自言自语。我说不出一个完整的句子。我甚至不知道我想说什么。

　　我的思绪就像是在玻璃上跳动的弹珠。我做的任何事

----

① 用于治疗压力和焦虑的处方药。

情——深呼吸，闭上眼，把头埋在膝盖间——都不能减缓四散的球体移动的速度。我的家人都很健谈。吃完甜点之后很久，我们还会坐在餐桌旁，从各个角度重温家乡的新闻。我的父母随时会出现在厨房门口，打算边喝咖啡边聊天。通常，我会觉得这令人感到安慰。但是我越是努力克制自己，就会变得越激动。

我生病了吗？这是紧急情况吗？

我觉得自己很压抑。幽闭恐惧症——一个反复出现的主题。坐立不安。我想摆脱皮肤的束缚，但我找不到拉链。而且罗斯林路的那一幕不断浮上心头。那天，我失去了控制，被不可名状的情绪所吞没。那一幕以一种不同的方式重演了吗？

几个月来，我一直像追求刺激的人一样，不顾身体过分劳累。我越跑越快，只是为了向世界证明我很好，非常感谢。我的身体还没有从分居、搬家以及萨姆的诡计所带来的长期压力中恢复过来。我准备继续我的生活，决心表现得不可战胜。但是我的身体却拖了后腿。

我怎么能在女儿身边假装冷静与镇定？我怎么可能开车回里士满？

我妈妈最先下楼。她看了我一眼，就知道出了什么事。我爸爸穿着浴袍出现之后，两人交换了一个眼神，然后变得高度紧张起来。

最后，他们同意由爸爸开车送我去急诊室，而妈妈留在夏洛特身边，夏洛特现在正坐在电视机前，昏昏欲睡，动画片和麦片分散了她的注意力。

在候诊室里，我试图安抚焦虑的爸爸，但是我不知道该怎么说。我的朋友阿梅莉亚新开了一家时尚的瑜伽馆。我集中注意力呼吸，就像她在课堂上教我们的那样。可是脑子里错综复杂的思绪像搅拌器一样不停地旋转。在过去的几个月里，我一直努力表现得很好，以至于我没有任何准备，也没有为紧急情况做任何准备。因此，这种熟悉的搅拌器的声音变得更加可怕。

如果可以选择的话，我宁可股骨复合骨折并进行六个月的牵引。相反，问题出在我内心深处。我受伤了。

他们把我领进检查室时，我尴尬得满脸通红。我该如何解释出了什么问题？

"你最近压力大吗？"护士的声音甜甜的。我？压力？就如一架钢琴从三楼窗户落下，砸在我头上？是的。我想大声尖叫，因为我看到了她的泰迪熊图案套装和洞洞鞋。你的第一个线索是什么，神探南茜？不过，我给出了一个微弱的回答："有点。"

医生很快出现了，他显得心烦意乱，疲惫不堪。排除了心脏病发作、胃酸过多、消化不良、中风和莫顿神经瘤之后，他宣布了自己的诊断：焦虑。我想知道，人怎么会因为一种感觉被送进急诊室？就像因尴尬而死，这似乎有些牵强。

"拿着这些，"护士递给他一包她在柜子里找到的抗焦虑药样品时，他说，"回到弗吉尼亚之后，你应该跟你的心理医生联系。"

我的心理医生？我从未为了我自己的事情看过心理医

生。我只认识一个心理医生。

"别担心。"护士甜甜地笑了笑，改变了语气，在医生离开房间后又给了我一包，"我们经常在星期天遇到这种情况。"

回到父母家，我拨通了里士满的电话。"这和萨姆无关，"我呜咽着对着布鲁克斯博士的紧急应答机说道，"但是你能帮我吗？我不知道还能找谁。拜托。我不知道该怎么办了。"

第二天早上，他做的第一件事就是给我回电话，让我周二去找他，但是他坚持要我找个人开车送我们回家。司机很容易找。我妈妈自告奋勇。周一上午我们离开时，夏洛特坐在前面，而我蜷缩在后座的枕头和毯子里。我试着从"第三只眼"——松果体① 观察，它是通往更高意识的大门。在一个半小时的返程之旅中我半梦半醒。我想象着自己找到了安全之所，但却不知道它会是什么样子。

---

① 被某些人认为是精神洞察力的源泉。

第十三章　克什米尔羊绒与同情

"琳达，你需要帮助！"当我拼凑出自己的故事时，我的朋友阿梅莉亚对我说。现在我知道了，那是我第一次全面的惊恐发作。

"阿梅莉亚，我一直在原地打转，我无法呼吸，也想不明白。"

"你需要去见见帕特·巴克斯顿。我会先跟她打个招呼的。"

"我需要帮助吗？"我犹豫了。与斯图尔特和萨姆相比，我才是那个承受一切、支撑一切的人呀。

"他们这样对我！他们才需要帮助。"

"你不能改变他们，琳达，你只能改变你对他们抛给你的任何东西的应对方式。拿起笔，把这个号码记下来。"

我摊开手掌，像一年级学生那样在上面记录。

"哦，琳达？"阿梅莉亚停下来，语气严肃。

"她和其他人不一样。"

——

"恕我直言，"帕特举起双手说道，转移了我的注意，"你退掉了景观课程，你取消了地板打蜡的安排，而且爱德华·布鲁克斯放弃了你们。家具堆在阳台上？还装在盒子里？"

我甚至还没谈到野外训练计划。萨姆已经念完了松木学校。布鲁克斯放弃我们之后，按照伊迪丝·戈德曼的最新建议，两周后我们都挤进汽车，前往他的下一所学校——埃尔金学院，这是西弗吉尼亚州边远地区的一个野外训练学校，他们承诺会同样重视代数、英语、爬山和纪律。萨姆一直喜欢爬山。小时候，我不止一次发现他爬到了冰箱顶上。所以我很关注爬山的部分，并试图把它作为学校中的大型丛林健身房来引起萨姆的兴趣。

尽管我担心这种转变对他来说可能太快了，但这似乎是上帝对我祈祷的回应。他会走上街头，不知在何处游荡几个小时。等到他真的回家时，最糟糕的情况下他会满腔怒火，最乐观的情况也是满腹牢骚。他的情绪从急躁变为愤怒再变为敌对。这时，户外学校似乎也适合他。

与此同时，把这个到处闲逛的孩子送到野外的想法吓坏了我。万一他们不会像我这样一直跟着他呢？万一萨姆开始到处乱走，始终不肯停下来呢？万一我再也见不到他了呢？我强迫自己忽略这种恐惧——尽管我确信其中许多想法是相当理性的。我告诉自己，萨姆不仅能够处理这种情况，他也需要这种环境。夏洛特和我也需要这种转变。

我们准备搬进新房子，但这并不是一件容易的事。萨姆的古怪行为使我们坎坷的旅程偏离了正轨。我们需要再次将萨姆送到合适的地方——并且帮助他站起来。我们希望西弗吉尼亚州的户外运动是一种解决办法。我深吸一口气，意识到自己陷入了沉思和焦虑。

帕特怀疑地歪着头，问道："一场足球比赛把你送进了急诊室？"

我有备而来，准备一一细数我生命中的危机。可是每当她凝视我的时候，我的痛苦就在一堆语无伦次的句子中显露出来：

"我的学费退款正在处理中。

我不得不放弃这个项目。

我想全心全意地投入园艺设计。

我的父母倡导坚持不懈。

我讨厌放弃我的计划，放弃这个学分打乱了我的整个计划。"

我吸进一些空气，继续说道：

"我们必须找另一所学校。

爱德华·布鲁克斯很棒，但是他放弃了我们。

于是萨姆开始抽大麻，学校的辅导员召集了一次会议。

为了搬家，我把制图桌打包了，所以我无法完成我的作业。

我真的得完成这份作业。

春天的宿根花卉花境。

炫酷的颜色。

我有彩色铅笔。

平行杆。

羊皮纸贴面。

我很专注，帕特。

那个周末，夏洛特要去斯图尔特那里。

可那时候，一切都崩溃了。

我应该开车去堕落的西弗吉尼亚州去扑灭另一场大火。

我就是得不到任何该死的牵引力。

怎样才能记住本土植物的拉丁名称？

告诉我。要怎么做？

当我的家庭陷入困境的时候？

我还有夏洛特。

她八岁了，正在承受所有的压力！"

这是我第一次去帕特·巴克斯顿的办公室。她拥有文科硕士和社会工作硕士文凭，还是持有亚历山大疗法[1] 专业证书的培训师，而且她的所得已经超过了她的预期。她像老朋友一样迎接我，并示意我坐下。她拉开一个精致的盒子，擦亮一根火柴，点燃了桌子上的蜡烛。谢天谢地，第一次治疗我就有两个小时的时间可以倾吐。一分钟都不能浪费。

"告诉我你今天为什么来这里？"她指了指我椅子下面倾斜的搁脚板。帕特通过了亚历山大技术认证，这项技术告诉我们，精神压力与身体压力有关。运动员、歌手、舞蹈家、音乐家——以及像我这样苦恼的父母——可以通

---

[1] 通过纠正不良的姿势、保持身体各部位的平衡以增进健康。

过这个过程来控制骨骼和肌肉的姿势及其对压力的习惯性反应。帕特说，适当使身体保持直线状态可以提高自我意识，这种技术是学习如何在生活中谨慎前进的一种方式。她的体重不会超过一百零五磅①，浑身湿透，骨骼纤细。她穿着咖啡色羊绒衣服，有着舞蹈演员般轻柔、流畅的动作。

我吸了口气，稳住自己。我的内心似乎隐藏着一生的混乱，软木塞就要炸开了。我控制不住自己，我想立刻把一切都告诉她。

"好的，"帕特紧握双手，好像刚刚抓住了一只萤火虫，"让我们抓住那些想法。"她散发出宁静的气息，我断断续续地呼出一口气。当然，她可以帮我把践踏我左脑的野马圈起来，就像伊迪丝·戈德曼在我指责石头学校时试图做的那样。

"这就是我的工作方式，"她说道，"和传统疗法有点不同。"

帕特解释说这和我儿子无关。

或我女儿。

或他们的父亲。

现在无关。

我们不是来分析我的童年，

我对山茶花的热爱，

或我的高中男友的。

今天不分析。

---

① 一磅约为 0.45 千克。

她接着说，我们的任务是我如何应对眼前发生的事情。

"就在这里。"她说。

我在椅子上扭了扭身子。

"现在。"

她双臂交叉，平静地坐着。

天哪！我多么想成为像她这样的女人。

我以前听说过相互依赖，但从未停下来想过，我可能需要更好地了解它的含义。直到那一刻。帕特是这样定义的：你忙于照顾别人的需求，却把自己的需求放在了次要地位。

帮助他人看起来往往只是举手之劳。比如，给患流感的朋友送上自己熬的汤。一旦形成了相互依赖，事情就会开始变得不稳定：你搬去和那个朋友住，将自制的炖菜放进她的冰箱，用棉签清理浴室瓷砖的勾缝，然后洗熨了她全家人的脏衣服。她的感谢令人陶醉。比较而言，你自己的需求不值一提。一周左右远远不够。哦，不。你一直这样做，直到你失去工作和汽车，房子被没收了。因为，你给自己找理由，你是一个给予者。

边界是相互依赖的核心，它定义了我们的结束和另一个人的开始。其他人都很乐意侵犯、践踏边界，迫使我们守住这条边界。帕特评估了我的边界之后发现，我明显缺乏边界感。一阵风吹来，"噗"的一声，界墙就像稻草房子一样被吹倒了。

想象一下，一位举起叉子，到你的盘子里搜刮食物的朋友。或是在鸡尾酒会上穿过房间，闯入你的私人空间与你继续聊天的亲密友人。这些都是侵犯边界的行为。我们可以把晚餐递过去，然后退到墙边，也可以礼貌地坚持自己的立场。

"但是，如果侵犯边界的人是我自己的孩子，又该怎样呢？或者是他们的父亲？"

"家人？"帕特耸耸肩，"他们往往是罪魁祸首。"

当你忽视自己的需求去照顾他人时，你会制造一个消极的循环。随着时间的推移，这个循环会不断在你的脑海中出现：

这种时候，你怎么能这么自私？

其他人处于危机之中，他们需要你。

某人正在处理 [待填的问题] 的时候，你不可以 [开始工作][做子宫切除术][上课][抽十分钟时间去做眉蜡]。最好暂时把你自己的需求放在一边，或者永远不去理会。

萨姆的危机接连不断。我的消极循环以高保真环绕立体声二十四小时循环播放。帕特猜测说，他不是故意在每所新学校里表现糟糕的，但是我们的救援告诉他，每次出现新的灾难之后，我们都会竭尽全力，确保他能够进入另一所学校。

我对别人的问题的反应是无意识的，就像呼吸或吞咽那样自然。我什么都不知道。但是一旦我提高了自我意识，就应该能够从一个清晰和有意识的角度做出反应。

"你可以选择如何回应。"帕特说。

我还看不到我的选择，但是如果帕特说我有，我相信她。

"那么我们就从这里开始吧，"帕特用手劈开空气，然后将手伸向前方，"相互依赖的反面是独立。但是很少有人在年轻时就具备了这项技能。别人教我们开车。我们每天早上整理床铺，每周擦洗浴室两次。我们管理自己的第一个支票账户。但是，有时候，情感独立并不在我们的家庭课程中。所以，我们会帮助你获得独立，琳达，"帕特解释道，"因为你自己是你唯一能够控制的人。"

我试图理解她的意思。我认真考虑了整整三秒钟。但是为什么这个聪明、有洞察力的女人看不到我在情感上已经筋疲力尽了？

我瞥了一眼她的桌子，看到了镶边相框中的照片。她的孩子们笑得很灿烂，他们无忧无虑、完全适应周围的环境。说得轻巧，我愤愤地想。我会好起来的，我想告诉她，只要所有人都能齐心协力。她期望我怎样呢？无视那只用八只毛骨悚然的触须缠绕住我，将小吸盘贴在我身上，把我拉下水面的章鱼？

我愤怒地脱口而出："控制？你觉得我有控制权？控制什么？我一直在给别人擦屁股。"

随后，我再次开始无缘无故地咆哮。上帝保佑，帕特没有退缩。

"你知道网球场上的自动加球机吗？"

帕特点点头。

"我现在的生活就是这种感觉！发球机一直在发球。高球、低球不断向我袭来，我还被打中了头部。那些黄色的球丝毫没有减缓速度的样子，帕特。"

我要抓狂了。

"该死，"我说，眼里满是泪水，声音不断颤抖，"我穿着人字拖，手里只有八年级时就买回来的这款变形了的克里斯·埃弗特球拍。"

我停顿了一下，随后便一发不可收拾。我低下头，在这个泰然自若的女人面前哭泣，盯着她的芭蕾平底鞋，试图喘一口气。

帕特观察了一会儿，然后轻声说道："琳达，看着我。"

我用手背擦了擦脸颊，不情愿地迎上她的目光。她用手掌放在胸口，表示接受。就在那时，我非常感谢上帝和阿梅莉亚将我带到了这片平静的水域。

治疗第一天，帕特拉着我的手，把我带到小路的起点，犹如经验丰富的向导，带着我走过这片她走了无数次的土地。现在，她拿着指南针。我会跟着她去任何地方。

接下来的几个月里，帕特的办公室将成为我所知道的最安全的地方。

也许是因为帕特在那里。

每周和她在一起的时间变得神圣起来。我会像我祖母诺妮说的那样，创造奇迹，即便取消其他约会，忽略其他危机也要去她的办公室。

"你的孩子们正在看你如何重新定义你和他们父亲之间的关系。"一天下午，帕特提醒我说，当时我正在抱怨我的前夫，而且完全沉浸在自己的世界里。帕特从不会只看细枝末节，即使当我偏执显得心胸十分狭窄的时候。"他们还小，但却能记住所有的事情。你在为他们自己的婚姻关系模式埋下种子。"

"那里没有压力，对吗？"我打趣道。

"所以我们的工作，"帕特继续说，"是找到你的敏感话题。一旦能够认出它们，当它们出现时，你就可以改变自己的反应。你可以一次次控制自己对斯图尔特的反应。我们将做出清醒的决定。每当出现小障碍的时候，我们都将决定你应该怎样温和、坚定地回应，从而降低冲突的级别。冲突出现的时候，我会陪着你走过每一次互动。"

"举个例子吧。"

"比如，为了能有一个清净的周末，你将孩子送去斯图尔特那里的时候，或者你必须谈钱的时候，我们会一遍又一遍地练习适当的回答，直到它们变成你的习惯。

"琳达，每个人在步入婚姻殿堂的时候，都带着原生家庭的信仰体系。我们甚至不会去考虑这些个人事实，但是它们影响着我们的决策。"

"信仰体系是什么……餐桌上的亚麻布餐巾？或者周日去教堂做礼拜？"

"比那些更广泛，但是这些都是。信仰体系是你拿到的第一张地图。"帕特解释说，我们依附于我们为自己和家人所营造的幻觉，以及我们看待外部世界的方式。谢天谢地，幸好那时候我不用面对那些可爱的家庭在拼趣中晒的精致的房屋。帕特接着说："我们的任务是找到你的地图或信仰体系。"

———

　　尽管白天都在学校教书，但是大多数时候，我妈妈都会在六点半与我们一同吃晚饭。她是如何做到同时管理温馨的家庭、宠爱学生并处理好工作中的大量文书的？我模仿她的婚姻模式，因为我只了解这种模式。我从未停下脚步设定适合自己的方式。我越努力重建我的原生家庭，两者之间的差异就越明显。无论是秋天橄榄球赛季的旅行野餐，拉布拉多幼犬，还是蓝色运动夹克，这些闪亮的幸福家庭的外在象征都刻在了我的基因里。

　　也许离婚并不是引发萨姆问题的导火索。我的朋友露丝和斯科特婚姻牢固，他们相互交流，不是吗？他们组成了一个协同一致的团队。然而，他们的孩子还是在像萨姆那样无助地挣扎着。也许这并不仅仅是家庭教育不一致所导致的问题？

　　对于我自己、我们的育儿方式以及萨姆的毒瘾，我在潜意识里有着一连串的假设。现在，这些神秘的面纱已经被层层揭开。在进一步理解秘密和羞耻的道路上，我还有很长的路要走。但是我发现了墙上的裂缝。我离打破这堵厚厚的墙又近了一步。

　　"所以，我现在是拿着别人的剧本在演自己的角色，但是这没有用？你是这个意思吗？"

　　帕特点点头。现在，我开始明白了。

　　在指出我过时的婚姻观之后，帕特又鼓励我挑战我对育儿所抱的幻想。我的父母认为，塑造孩子的是强大的价值观、新鲜的牛奶、良好的基因、一日三餐与周日的礼拜。

我试图遵循他们符合道德标准的传统。然而，在萨姆的成长道路上，我依然无能为力。我到底对他有多大的控制力？

一旦孩子被毒瘾所控制，你就无法将毒瘾的副作用从他们身上赶走。他们变得懒惰、不可靠而且善变。这些症状看起来像是性格缺陷。

如果你的自我价值像缠绕在圣诞树上的彩灯那样，与其他人——孩子、丈夫、大学时代最好的朋友——纠缠在一起，你们很有可能相互依赖。棘手的是，大多数时候，相互依赖看起来很像养育子女。

我暗暗怀疑我就是这样的典型。

"心理治疗就是让你在任何时候都能集聚最强的意识和最大的有效性来面对现实。总有一天，你会比别人更清醒。你清醒了，然后又回到梦乡。你再次醒来，打呵欠，伸懒腰，然后进入更深的睡眠。这是一个过程，琳达。试着向前走两步，然后小睡一会儿。思考自己的真实情况需要时间。"

"为什么？"

她停下来，看着我的眼睛，打量着我，看我是否准备好迎接接下来的话。

"因为如果你突然醒来，它会要了你的命。"

第十四章　遇见自己

"你能做些什么吗，哪怕一件事，只关乎你自己的事？"又一场会面结束时，帕特问我。

"嗯，我的朋友阿梅莉亚的丈夫出城时，我可以去她家喝一杯酒。抑或是在围栏边和我的朋友安妮偷偷抽一支烟。"

帕特盯着我。沉默。我知道我没有答在点子上，于是继续胡言乱语。

"而且，我还是夏洛特学校举行拍卖时的装饰委员会成员。"

沉默。

"我买了一块瑜伽垫。"

她显然无动于衷。

"琳达，"我察觉到她在竭尽全力克制自己，"这是当务之急。"

我知道自己给出的答案不合格，因为我根本不知道她在问些什么。那一周，我带着一项任务离开了她的办公室：找到一个与我的孩子、前夫或是我的大家庭无关的目标，并把它融入我的生活。

——

感谢上帝赐予了我一位好友卡米尔，这位四个孩子的母亲拥有无穷的精力。卡米尔有一种不可思议的能力，可以精确定位自己可以在何处发挥作用，而她把我写进了她的待办事项清单，就列在她的设计项目、晚宴派对以及所有家里有两个孩子或四个孩子的家长都拥有的快速日程表旁边。

我只需要跟着她走就行了。只不过我不知道我们要去往何处。

在我过完四十岁生日后的一周，她看见我在花园里忙碌，于是就将车开进了我家的车道。她停下车，摇下车窗，探出头来说道："我知道什么可以让你扭转现在的状态了。"

我在种甜罗勒。"什么状态？"我抬起头来问道。她没有被我装出的一切皆在掌控之中的假象所蒙骗。

"我报名参加了纽约马拉松赛。你也来吧，我们一起训练。你只要按时出现就行了。"

要是卡米尔能帮我摆脱如影随形的麻痹状态，就算是让我跟着她跳进散兵坑都行。焦虑将我紧紧裹住，我根本无法逃脱。

犹豫之间，我想起卡米尔不喜欢别人拒绝她。"好吧，"我急匆匆地说道，"我想我会报名的。"

后来，我突然想到，她的提议正好可以用来回应帕特布置的任务。这个目标与我的孩子或是他们的父亲、我的兄弟、我的父母或我的其他朋友无关。只有我、卡米尔和纽约市二十六点二英里沥青路。

———

"我找到了。"之后那周的一天，我走进帕特的办公室，在椅子上坐下，根据脚凳调整自己的姿势。

"找到什么了？"

"我的答案。"我兴奋得微微晃了晃椅子，"全搞定了。"

"洗耳恭听。"

"纽约马拉松赛。我正在接受训练。"

"哇，你不是在胡闹吧？"

我有些扬扬得意，这一切都归功于一位固执而忠诚的朋友。

卡米尔制定了我们的训练日程，告诉我什么时候起床，该吃些什么，什么时候睡觉。凌晨四点四十五分的时候，她又打电话给我，增加了一些注意事项。她制定出训练路线，并带着我完成了五百英里的热身。她甚至设计了我们在比赛时穿的红色 T 恤。

为了完成黎明时分的跑步训练，我和邻居安妮一起制定了一套作战方案。安妮习惯早起。大清早，当女儿们还在爸爸房间里的时候，她会穿着睡衣匆匆穿过后门走进我家厨房，一手端着咖啡，一手拿着报纸，顺便留心夏洛特的动静。一两个小时之内，她都不会醒。

由于哥哥被送去参加一个野外项目，而爸爸通常只能陪她过周末，夏洛特要做的事情比我认识的许多一年级学生都要多。但是，我们之间的紧张态势已有所缓解，夏洛特这些天也稍微放松了一些。

她与周围的孩子们打成一片。他们欢快地跳舞，交换豆豆娃，在我家的蹦床上一跳就是几个小时。看到她已经渐渐远离了我们家的混乱局面，我感到十分高兴。

但是，她还无法完全不受紧张情绪的影响。现在还不能。

——

新常态开始几个月后的一天晚上，我们站在杂货店的熟食柜台前。我低头看着她天真无邪的小脑袋，突然发现了一个糟糕的重大情况。她右侧的太阳穴上曾经覆盖着浓密油亮的头发，但是现在出现了星星点点稀疏的小块区域。到底发生了什么？怎么会这样？

上幼儿园时，她开始将头发缠在手指上，当时我觉得这是一个幼稚的习惯。我尽量不让她自己注意到。长大之后就能改掉了，我想，就像她长大之后就不再需要露西——她毛茸茸的羊羔玩偶一样。

但是，夏洛特在不经意间缠绕头发的举动让她不断回想起她决心掩盖的痛苦。看着她一小块一小块光秃秃的头皮，想到她担心得几乎脱发时，我就觉得胃里开始泛酸。刹那间，她的痛苦就像医疗剧中下探镜头在肠道中推进、追踪定位到的恶性肿瘤，以突出、醒目的方式呈现在我眼前。毫无疑问，她在无声地尖叫，但是我听不见。直到现在。

我觉得我要吐了。

"夏洛特，"我小心翼翼地说道，"我的肚子不太舒服。这样吧，我们买完晚餐就回家。明天你上学的时候，我再回来买杂货。"

我的泪水盈满了眼眶。我把半满的购物车留在商店里，牵起她的手，带着她去收银台结账。她回头看了看留在原地的购物车，疑惑不解，但还是听话地快步跟上我。

回到家，我们走进厨房，我抱起她小巧紧实的身体，把她重重地放在柜台上，给了她一个大大的拥抱。

"夏洛特，亲爱的，你这里的头发好像有些稀疏，"我伸出两根手指轻轻地按揉她的太阳穴，"你愿意告诉我吗？是因为你把它们缠在手指上的缘故吗？"

"我在玩头发，"她说，"我想找到最完美的那一根。"

"最完美的那一根？"

"手感很好的那一根。最顺滑的。我一直在找，直到找到为止。"

"然后呢？"

"有时候，我会把它拔下来。"

随后，她停了下来，不再说了。

"但不是每次都这样。"

她低头看着紧紧扣住膝盖的双手。

"好的。只是你的头发太美了，你总不想像祖父或是做礼拜时坐在我们前面的那位女士那样有秃斑吧。"

我没有追问这个问题。我现在已经筋疲力尽。我们吃完晚饭，准备睡觉。但是第二天一早，我就利用快速拨号键拨通了儿科诊所我们最喜欢的护士的电话。八点半。

"到底怎么回事，玛乔丽？"我对着电话小声说道，尽管只有我一个人在家。"她是在拔头发吗？像新生儿那样把它们都搓光吗？这是怎么回事？"

"嗯，我想我知道。"她安慰道，"明天把她带过来，让我看看。我和她随便聊聊。"

第二天，玛乔丽开了一种温和的抗焦虑药。

"只需要暂时吃一些药，阻止她养成这种习惯。希望能够让别人不再盯着她看。"随后她冲我点点头，做了一个"给我打电话"的手势。

我吓坏了。

满是困惑。

夏洛特是我混乱的家庭生活中最完美的一部分，但是现在她在拔头发。

天啊！

一个孩子的问题怎么会扩散到另一个孩子身上？这东西会传染？我过了多久才注意到？

早上跑步的时候，我不敢跟卡米尔提起这件事。我不能对任何人提起。一个孩子已经够糟了，但是不知道为什么，我的两个孩子都在与心理挫折做斗争，这简直无法想象。

我觉得，作为一位母亲，我是一个彻头彻尾的失败者。

六岁的孩子完全有权利无忧无虑。

但我的孩子不是。

后来我知道了，兄弟姐妹永远也无法摆脱家庭创伤的影响。他们会成为看护者、和平的维护者、焦虑的储存者，好像吸收和承受痛苦能以某种方式减轻周围每个人的痛苦。他们已经习惯了做家庭的脚注。他们不需要或不值得全家人一个小时又一个小时地进行讨论，耗费时间和精力，而是安静地生活在混乱的阴影中。他们从不想制造麻烦。周围的麻烦已经太多了，每个人要处理的事情都已堆积如山。他们不敢再增加任何负担。

第二天下午，我拨通了玛乔丽的电话。她的语气十分谨慎。夏洛特不只是有点焦虑。这种情况有一个听起来很高大上的学名：拔毛发癖。

"那是什么鬼东西？她这个年纪怎么会得这种毛病。"

"拔头发。这是一种冲动，由焦虑或抑郁触发，属于强迫性神经官能症。所以拔头发是症状，但它的根源是情绪困扰。我们见过这个年龄段的患者，高发期是九到十三岁，所以她有点早了。"

如果在谷歌搜索这个词，你会发现拔毛发癖与一系列可恶的疾病同属一系：厌食症、贪食症和自残。一切都与控制有关。我认识一个没有眉毛和睫毛的小学女生。她没有毛发的脸在我眼前闪过。看来这就是原因了。

"通常，他们甚至不知道自己在做什么，"玛乔丽继续说道，"这种情况发生时，孩子处于恍惚状态。拔下完美头发带来的满足感可以缓解紧张。这些孩子还太小，无法表达自己的感受，所以这成为一种自我安慰的行为。就像安抚奶嘴那样。我真的认为药物会有帮助。这是一个短期的解决方案。我们的目标是通过降低化学性应激反应来打破循环。不过，你接下来最好和儿童心理学家谈谈，为未来的策略做准备。"

我试图理解这一切。

"琳达？"

"嗯？"

"别让自己陷入慌乱。她能感受到你的压力。要知道我们正在解决这个问题。我们知道这是怎么一回事。我们已经成功了一半。"

换作别的时候，我可能会伤心欲绝。但是这件事还没有触及我的临界点，至少当时没有。而且，我也没有时间悲伤。

马拉松训练让我有机会宣泄自己的情绪。到目前为止，我们一天已经能跑二十英里了，我能感觉到它的治疗效果。我的身体越来越强壮。我觉得自己在精神上更加坚强。我相信这种力量延续到了我的能力之中，让我能够处理最近的这场头发危机。

当我告诉帕特关于夏洛特拔头发的事情时，她说："我一点也不惊讶。她真的是一个沉默的小东西。那些情绪必须有一个出口。这就是它的表现方式。但是如果你对此感到恐慌，她就会像猎犬一样嗅出你的恐惧，那于事无补。"

我倒吸一口气。

我吓坏了。

只不过这一次，我没有被恐惧吓得无法动弹。相反，我把它捡了起来，带到街上。奔跑时，我想象着汗水将这种有毒的恐惧带出我的身体，洒在里士满的人行道上。

———

"最近怎么样？"下一次见面时，帕特问道。她把丝绸束腰外衣的袖子卷了起来，调整了一下金手镯的位置。

"观察夏洛特的时候，我尽量不靠得太近。我知道这容易让她受惊。"

"我现在不是在问夏洛特。"帕特点点头，好像她在和一个小孩说话，"你知道我现在关心的是什么。"

"哦！你是说，我？"

帕特看起来很有耐心。

"是的，你。你来这里的目的是为了解决你的问题，忘了吗？如果能够处理好你的问题，琳达，剩下的问题就能迎刃而解。"她张开双手，双臂伸向两边，然后将它们合拢，手掌几乎相贴，中间透出一丝光线。她说这话时总是很平静。她经常这样说。

几周过去了，我开始能够辨别出声音中饱含的相互依赖——或者说缺乏相互依赖的情况。我终于明白了。现在，这个想法不再抽象。我可以看到它在起作用，在我的声音中听到它——不论是在电话里，还是在与别人的谈话中。

"所以我对他说，"一天早上，卡米尔一边查看错综复杂的日程安排，一边气喘吁吁地说道，"如果你想每周末都去打高尔夫，我不反对，但是我需要你帮助查利收拾行李，为周六的远足做好准备。我临时要开一个客户会议。"

"我知道周二你很忙，"我在电话里对斯图尔特说道，"但我只有那一天有空。"坦白地说，遇见帕特之前，为了迎合他或是任何其他提出要求的人，我会把自己弄得人仰马翻。

"帕特，这一招太有效了。"我惊叹不已。

"现在知道改变回应方式之后会发生什么了吧？"她显得很快活，因为看到我终于把她睿智的话语运用到生活之中而感到兴奋。

我知道每一个选择、每一次妥协都在侵蚀我的血肉和我的身份，我已经变得面目全非。我多么希望我自己的母亲曾向我反复强调过这样一个事实：尊重自己的需求并不自私。事实上，你是在加强你的人际关系。

"做你了解的事情，"帕特解释道，"这是一种族群行为。你妈妈为你爸爸做了很多事情。你怎么知道有什么不同？"

她的话有道理。

夏洛特和我的关系渐渐开始令人觉得舒适。生活变得更加美好。至少目前如此。

玛乔丽告诉我拔头发会造成的第二种症状：羞耻。"他们还太年轻，根本无法理解这一切，但是不知道为什么，他们知道自己做的事情不太对。他们会花大量精力来隐藏这种行为，这反过来又引发了另一系列心理问题。但是，琳达，你很快就明白了。很多父母都无法控制自己的情绪，所以他们假装这一切从未发生过。"

夏洛特的头发渐渐长了出来，她的情绪似乎更轻松了。也许是因为她不再需要保守她羞耻的秘密了。

———

马拉松训练让我肾上腺素激增。如果我感觉自己像是在拖着一辆平板车，便依然会在早晨不愿起床，在晚上屏蔽卡米尔的电话、逃避训练。尽管还不完美，但我依然保持专注。这感觉很好。

到了9月，卡米尔的训练计划增加到每周四个上午，周日训练的距离更长。

周末的马拉松赛终于到来时，我们就像两个去纽约探险的女大学生一样登上了火车。我们的啦啦队将于第二天抵达——我们的兄弟及他们的妻子，我们的父母和卡米尔的丈夫詹姆斯。

我集中全部精力跑过二十六点二英里跑道中的每一步。这是我的赛跑。我不想让自己失望。进入中央公园后，我哥哥，即我们的私人啦啦队长，冲出人群，陪着我们跑完了最后五英里。当我们胜利地越过终点线时，正好处于参赛选手的中段，我觉得十分轻松。这是我在婚姻破裂之后的沉闷岁月中从未感受过的快乐时光。

当帕特给我布置了一项任务时——寻找一些只关乎你自己的事情，并把它融入你的生活——我根本无法想象还要在我的待办事项清单中再塞进一项任务。我不是已经有太多事情需要处理吗？一位明智的治疗师不是应该鼓励我减少而不是增加负担吗？

但是在关于马拉松的甜蜜回忆中，我明白了。帕特和卡米尔为我打开了一扇门。穿过这扇门之后，我挖掘出了一种我根本不知道自己拥有的力量。

尽管取得了一定的进步，但夏洛特仍在拔头发。我这位单亲妈妈所居住的房子的翻新工程逐渐步入正轨。我提议找到两人都空闲的时段谈一谈，但斯图尔特依然回避我的请求。那个周末，萨姆又一次被埃尔金学院留堂了。我们花钱将他的野外训练计划延长到了开学。我的问题并没有真正解决。

但是我正在改变。虽然这些问题有时仍然困扰着我，但它们再也不是我生活的全部。我还有其他事情要做。

在帕特的智慧和卡米尔的坚韧的指引下，我开始转变思维方式。什么都没变，然而一切又都变了。

"我做到了！"夏洛特接起我的电话时，我告诉她。

"妈妈跑完了马拉松！"她大叫着告诉斯图尔特这个消息。

"马拉松全程几英里，亲爱的？"

"二十六点二！"

"你也可以跑完二十六点二英里，夏洛特。总有一天，你也能做到！"

在酒店接受按摩并且冲了个热水澡后，我们和家人一起吃了一顿晚餐庆祝胜利。第二天早上，我们的后援小组前往机场。卡米尔和我疲惫不堪地赶回宾夕法尼亚车站，仍然有些头晕目眩。

我们找到了面对面的座位，把行李抵在窗边，当作枕头靠在上面。火车哐啷哐啷地驶向南面，带着我们回家。

"我压根儿没想到你会接受我的绝妙主意。"卡米尔在靠过道的座位上咕哝道。

"没有吗？"我问道，"嗯，我疲惫的身体可以证明这一点。"

"绝对让我大吃一惊，"卡米尔昏昏欲睡地说，"我只想叫醒你。琳达，你真是一团糟。"她向我挥挥手，五指张开，"现在，回头看看那个糟糕的你。来击掌吧，好姐妹。"

第十五章　门廊灯

　　我倒是希望萨姆的问题全是我造成的。真的，我确实是这样想的。只要能把他拉回正轨，哪怕是赤脚走在刀刃上我都在所不惜。

　　到现在为止，我已经在帕特那里接受了一年的治疗。我还是无法摆脱自责。我在其中的责任是什么？我能卸下什么责任，又需要承担哪些责任？

　　"认为自己可以完全掌控的父母简直是大错特错，"帕特提醒我，"那些父母喜欢把孩子的成功归功于自己？恰恰相反，他们拥有的只有奖杯。无论我们谈论的是瘾君子还是出色的孩子，没有任何家长拥有全部的控制权。琳达，区别在于，没有人会因为孩子表现突出而来咨询。"

　　帕特陈述的事实引发了我的共鸣。我很了解他们，我的周围几乎全是这种家长。这些旁观者把奖杯、优等成绩和优秀学生奖学金的功劳全都归到了自己身上。他们孩子的记录永远完美无瑕。

　　也许是一次迟到。

　　图书馆的一次罚款。

仅此而已。

他们双臂交叉抱在胸前，远远地上下打量我，带着得意的神情扮演法官和陪审团的角色。他们就像是会与剧中人物互动的"希腊合唱团"那样，喜欢主动提出意见和建议。

你试过禁足吗？

你需要对他进行限制。

把规则写下来。

"一位母亲建议我要学会坚定地拒绝，"多年后，我的朋友兰叹了口气说，"相信我，我说得喉咙出血。她以为我是个白痴吗？他完全无动于衷。自从用了安抚奶嘴之后，他就开始变得贪得无厌。默认状态下他的情绪就是：我现在就要。"

有些孩子天生就更听话。他们的父母很快就把这归功于自己优秀的纪律管理能力。"没错，"兰表示赞同，一如既往地愤世嫉俗，"在遇到难缠的孩子之前，他们都是优秀的父母。但是一旦遇到，世界大乱。"

显然需要有人来背这口黑锅。你尽职尽责地将它捡起来，扛在肩上，为自己披上耻辱的外衣。当然，有一件事人们心照不宣：如果你做好了自己该做的事情，你的孩子就不会表现得这么糟糕。

所有被难缠的孩子打得落花流水的人都会变得有点精疲力竭。我读过育儿书籍。我见过专家，试过家务表和阅读疗法。我找到的答案比"希腊合唱团"提出的问题还要多。不幸的是，与许多和我同病相怜的人一样，不知何故，我把责任内化了：我开始相信，归根结底，萨姆的问题都是由我造成的。

也许我做得还不够，抑或是做了太多——错误的事情。孩子染上酒瘾和毒瘾之后，面对孩子的对抗行为，孩子的父母可能会被批评、希望、失败、羞耻、内疚、责备，甚至是一厢情愿的想法击倒。我的内心已经失去了方向。我能预感到怎样做才是对的。可是一旦我开始随着家庭舞蹈的节奏摇摆，同时跳着踢踏舞来分散"希腊合唱团"的注意力，我就不再相信自己的直觉了。除非我自己能够恢复正常，否则我修理不好任何东西，也没有能力帮助任何人恢复正常。

安妮·拉莫特在写以马林县青少年为主题的小说《受伤的鸟》（*Wounded Birds*）时，曾问她的儿子萨姆，他会对眼睁睁看着孩子在毒瘾中越陷越深的父母说些什么。

"我会告诉他们先为他们自己寻找帮助，"他毫不犹豫地说道，"没有哪个孩子会听一个被吓坏了的父亲或母亲的话。除非他们恢复正常了，否则他们对自己的孩子没有任何帮助。"

我很感激那些试图关心我的朋友，真的。尽管他们未经深思熟虑便提出建议是出于善意，可我却觉得自己像被一群猴子围攻了。帕特很聪明地解释说，我给了太多的人接触我内心控制面板的机会。

但是，在那些犹如坐过山车的岁月里，那些朋友未曾体验过我家早餐时的情景，没有参加过预示了一个五年级学生即将就读寄宿学校的令人沮丧的家长会。或是忍受破裂的婚姻，毒炖菜的另一个组成部分。他们没有拖着七年级的孩子穿过西弗吉尼亚州一所治疗性野外训练学校的阴暗营房，把他留在那里，祈祷他能够平安无事，六万美元的学费能够换来奇迹。

曾有那么一瞬间，奇迹确实出现了。萨姆回家度春假时主动铺了床，还问我能帮我做些什么家务。我努力不让自己流露出兴奋的情绪。

"也许最坏的已经过去了？"斯图尔特和我在考虑接下来萨姆进入八年级后的安排时，我对伊迪丝·戈德曼说道。如果他能够在下一所学校一直读到毕业，那将是多么巨大的成就。

有了她的人脉与祝福，我们让萨姆进入了拉普汉诺克预科学校，这是一所位于切萨皮克湾河口的拉普汉诺克河岸的主教寄宿学校，有着出色的航海课程与令人羡慕的学术传统。他们的招生负责人不会在意申请人曾有过一两种违规行为。也许萨姆正在逐渐成熟，这些年我们在特殊教育上的投资回报也正在迅速显现。我的心有点激动。

"真为你和你的家人感到高兴。"一位在黄伞海鲜工作的不太熟的朋友高兴地说，欢迎我回到主流学校圈。

"拉普汉诺克预科学校！"另一个说道，"我那个温斯顿-塞勒姆市的侄子就在那里读书。"

可是，我的解脱是短暂的。就在十四岁的萨姆差几个月就要上八年级的时候，酒精就像一个满脸胡茬、浑身散发着恶臭的不速之客，摇摇晃晃地出现了。第一次见到萨姆喝醉时，是他周末回家的时候。一个周六的下午，他回到家，跌跌撞撞地撞上桌子，打翻台灯，不断呻吟和挑衅。

我以为他突然发病了。我试着把他扶到沙发上。他一把将我推开，我知道自己一个人对付不了他，于是打电话给斯图尔特。事后看来，我们当时应该带他去急诊室看看是不是酒精中毒。相反，我们让他睡了。

第二天早上，他显得冷酷无情、目中无人。他拒绝告诉我前一天他做了什么，和谁在一起，以及从哪里得到导致这种怪异行为的东西。"有什么大不了的？"他争辩道，"大家都这样。"幸好，周日的时候斯图尔特开车送他回学校，将他交回到宿舍辅导员手中，并实施宵禁。

萨姆郁郁寡欢地完成拉普汉诺克预科学校的学习。虽然我再也没见过那样的他，但是只要他周末回家，我就会在他的房间里或卧室窗外发现啤酒罐和酒瓶。

现在，除了一点就着的脾气和转瞬即逝的注意力外，萨姆正在显示出滥用药物的迹象。

对一些孩子来说，青少年时期尝试饮酒不会被人察觉。一位咨询师曾告诉我，你看不到它的发生，而且它可能没有持久的影响，通常不会表现为停学或被学校开除，多次在监狱里过夜或是酒后驾车。但是对另一些人来说，这很可能就是灾难性的。这是瘾君子的冒险经历，他只是在热身而已。萨姆的成绩很差，当拉普汉诺克预科学校的管理人员坚持说他违反了他们的计算机使用协议时，我怀疑他们只不过是已经受够了。

"胡扯，"萨姆打断我，"我下载了一张照片。那又怎样？"要是手上有对他有利的证据，我可能会为他辩护。

相反，学校修改了他的八年级成绩单让他及格了，他可以升入九年级。但是要去其他学校。

返校购物有了新的含义。每年夏天，我们都会为即将到来的秋季学期仔细研究一所新的学校。接下来是另一所位于里士满的学校——河城学院。我可以稍稍轻松一点了。

不知不觉间，帕特正在慢慢地修复我破碎的自信心，就像是在维修一幢老房子。她重新打地基，一点一点加上横梁，修补裂缝的墙壁，加固薄弱部位。

"你知道这些的，"她提醒我，"相信你自己。你已经逐渐搭建了框架。你的直觉很准。但是你已经失去了信心。"

怎么会呢？

"你在外部寻找答案，它们不在那里。你需要回到自己身上寻找真相。我保证，答案就在你身上。"

——

那是一个夏天的周六。我们在托德斯伯里路上的新房子开始有家的感觉了。三年多来，萨姆第一次和我以及夏洛特住在一起。晚饭前，电话响了。

"我要去马克那里过夜。"他说。

我为他的傲慢感到愤怒。一个十五岁的孩子居然对我指手画脚。我从来不会这样做，从来没有出现过这种情况。或许我只是忘了而已。

那一刻，一段记忆涌上心头。我能听到我的母亲说："哇，内莉，为什么不重新组织一下语言呢？"我挺直身体，想起父亲举起手掌示意我们停下，全力支持妈妈时的情景，我大吃一惊。"你可以问，要有礼貌。等我们做出决定。那是最终决定，懂吗？"

我的信心已经被动摇了太久，以至于忘记了很久以前父母给我树立的榜样。我的核心价值观被边缘化了。我无法表达自己的观点。但是现在，我要靠自己。而且帕特站在我这边支持我。我战胜了纽约马拉松赛——我觉得——卖掉了房子，挺过了离婚的痛苦。我昂首挺胸地站着。我能听到背景中父母清晰响亮的声音。一种正义、充满爱的愤怒从我内心深处涌出，它已经积蓄得太久了。

"萨姆。"我稳住自己的情绪，"第一，你不告诉我你在做什么，但是你得征求我的意见，明白吗？第二，我想打电话给马克的妈妈，确定她是不是方便。"萨姆挑衅地回击道："你不能打电话给她。"

"萨姆，我当然会打电话给她。伙计，我们应该这样做。"我为接下来的长篇大论做好了准备。这一次，我不再恐惧。

来吧，大男孩。你无法控制我。

我们接连发声。

不会。

会的。

会的。

不会。

最后，我来了一记扣杀。

"萨姆，我不喜欢你说话的语气。我们这样做怎么样？"我吸了一口气，放低声音，故意慢慢地说道，"你，也许，不能，在，马克家，过夜。我希望你能回家。十一点半之前。"如果更有信心一些，我会直接命令他那时回家。但是我已经把脖子远远伸到了舒适区之外，如果停下来思考我的回答，我可能会失去勇气。但是我很坚定，一种发自内心的确定性支撑着我。我知道在这件事上我是对的。我补充说道："如果你十一点半还没回家，我就会锁前门。你听见了吗？"

沉默。

我有没有想过，为了赶上十一点半的宵禁，他会在晚上十一点十五分迅速回家？难道他没有得到他一开始所要求的东西——一夜无节制地饮酒和吸食大麻？如果我的策略适得其反该怎么办？我是不是给了一个十五岁的孩子一个可以整晚待在外面的完美理由？也许是这样，但我已经表明了立场。

几个月前，我没收了萨姆的钥匙，因为他闯进我的出租房，开了一个派对。现在，我正在利用这个小小的优势来建立我新的信念。

"听清楚了吗？"我继续说道，希望我的声音能够显得坚定一些。

"随便。"

我听到"咔嗒"一声，然后是拨号音。我不敢置信地盯着电话。如果我曾经这样和我的父母说话，我估计早就活不到今天了。我在屋子里踱了一晚上。谢天谢地，夏洛特在一个朋友家过夜。谢天谢地，我还有罗伯特。

——

那时我们已经在一起一年多了。我已经养成了晚上在被窝里打电话的习惯。那天晚上，我急切地想要寻求安慰，于是拨通了他的号码。

"如果他不回家，你要坚持到底，"他一如既往地让人安心，"相信你的直觉。我知道在这一点上，帕特会支持你的，我也是。我明天早上来看你。"有一个盟友的感觉很好。罗伯特在教我再次相信自己。

洗热水澡让我分散了一些注意力。十一点半，我锁上门，关了门廊的灯，爬上楼梯，钻进被窝。十一点四十分了，数字钟尖叫着。我躺在床上辗转反侧，诅咒，哭泣，祈祷，因为萨姆的挑衅而怒火中烧。我多想听到敲门声，跑下楼让他进来。

他在和一个父母不在镇上的朋友吸大麻吗？他是不是生气地走在高速公路边上，正好成了某些罪犯眼中的猎物？我该如何向别人解释我把十五岁的孩子锁在了门外？在夜里？如果事情变得非常糟糕，我怎么能受得了自责呢？如果他受伤了，我该如何面对自己？我非常想知道他是否安全。我希望萨姆能有些良心，可能他也正在遭受内心的煎熬。

多年后，我和一位里士满康复中心的顾问说起这个决定。她拥有多年与来自各个社会和经济阶层的吸毒青少年及其父母一起治疗的经验。她苦笑着说：家长们吓坏了，但是这些孩子呢？他们知道一旦被锁在房子外面该去哪里。你在开玩笑吧。他们不会在公园的长椅上睡一夜的。

我告诉父母们，他们很好。你只是收回了额外的福利：舒适的床、女佣服务、储备充足的冰箱。"在这一点上，她有过经验。在叛逆的青少年时期，她自己的母亲曾把她赶出家门。"这是她做过的最好的决定。"

尽管如此，我还是担心孩子们开车时的情况。担心毒品引发的狂欢。我不能忍受我自己的孩子伤害了别人的孩子。我不是也担心"希腊合唱团"吗？如果马克的母亲发现我儿子睡在她家是因为我把他锁在了门外，那该怎么办？那会让我成为什么样的母亲？

但它不再与我有任何关系了。

我希望坐在审判席上的父母能花一个晚上的时间来思考这些问题。理论上，强势的爱听起来很简单。理论而已。但是当你把它应用到一个非常真实的孩子身上时——一个你相当频繁地想要责怪的孩子，一个反复无常、充满威胁的孩子，一个你全心全意爱着的孩子——那完全是另一回事。这很像景观设计。在图纸上，在房屋旁边种满植物可能看起来很棒，但宏伟的设计往往脱离实际。

我很感谢罗伯特的倾听，祈祷他没有注意到我在我们的感情中增添的麻烦。我盯着天花板，试图不让焦虑像黑色霉菌一样爬上墙壁。最终，我不安地睡着了。第一缕晨光透过编织百叶窗的时候，我就醒来了。当我睡眼惺忪地走下楼去拿报纸时，我还以为萨姆会蜷缩在帕利岛门廊的秋千上。看到他不在，我居然感到如释重负。至少在接下来的几个小时里，家里是安宁的。

早上晚些时候，萨姆打电话过来。他与前一天下午一样傲慢，又开始惹人讨厌了："我不敢相信你把我锁在外面了，妈妈。"

"亲爱的，你是几点回家的？"我尽量保持声音稳定。

"这一点都不重要。"

我拿出权威的样子，尽管它已经摇摇欲坠。"我说过我会锁门的，萨姆。你不相信我说的那些话？别用那种语气和我说话。我一直都愿意妥协，但是很明显你一直想自己做主。那对我没用，萨姆。如果这对你不起作用，那就给你爸爸打电话吧。"

"随便。"他又轻蔑地说道。

在那一瞬间，我内心的某个东西崩溃了。为什么我要围着这个孩子爬来爬去？为什么我要批评他。

"我想了想，萨姆，你必须在今天下午之前拿走你的衣服。告诉你爸爸，你会在他那里待上一段时间。"对我来说，这是全新的体验。那时，我不需要游说其他任何人的支持。遵从内心的想法，这是一种解放。

在对抗萨姆的过程中，我可以在夏洛特的生活中创造出一些她非常需要的东西。我的信念会让她感到安全，受到严格规则的保护。夏洛特需要了解我们家的结构。帕特已经说得很清楚了。

她应该有一个远离长期混乱的家。

她有权拥有一个偶尔能关注她的需求的母亲。

她有权在睡觉前知道我不会在凌晨两点去警察局保释萨姆。

她有权拥有一位坐下来吃饭时不必高度警惕的妈妈。

她有权犯错、跌倒，并且知道父母会在情感上支持她，帮助她站起来。

时间到了的那一刻，她甚至有权叛逆。害怕添乱，并且安静、守规矩的少年几乎和野孩子一样令人担忧。她会很有礼貌地坐着，双手整齐地叠放在膝盖上。但是她也抑制了必要的试探边界的行为，这种行为可以使孩子从青春期过渡到成年期。

问问一个难以相处的孩子的兄弟姐妹，尤其是一位瘾君子的兄弟姐妹，他们会告诉你，他们不敢惹麻烦。"书友会"的一个姐妹抽泣着向惊愕的母亲说道："你不知道做一个好孩子有多难。我努力不惹麻烦，不要表现得像我的朋友那样。你知道为什么吗，妈妈？"她流着眼泪沮丧地说，"你知道吗？我这么做是因为你和爸爸已经没有精力再处理其他的事情了。"

这些兄弟姐妹知道他们的父母已经到了极限。他们无法再应付更多的啤酒罐、香烟、糖果和不遵守的宵禁规则。

我回想起夏洛特头上的秃斑，想起索菲的选择：如果只能救一个孩子，我会救哪一个？

我正在学习坚持自己的立场，找到我的声音。在帕特的指导下，我在考虑自己的信念，并积极捍卫它们。当然，作为一个整体，养育孩子是我们的目标，但是我们并不总能得到我们想要的。在一场剑拔弩张的离婚战中，你不再屈从于一个从一开始就很少支持你的配偶。

要是斯图尔特和我住在同一个屋檐下，我就不会做出把儿子赶出家门的选择。如果我们还在一起，我可能会屈服，因为我想象不出他可以去哪里避难。他会去哪里？与谁在一起？

那天，我想我和萨姆都需要歇一会儿，释放一些压力。一周，也许两周。然后重新开始。

但是，很多事的结果不是我们能决定的。

萨姆再也不会和我以及夏洛特住在一起了。

第十六章　团队会诊

　　我的父母有一个稳固的旧式婚姻。与自亚当和夏娃以来的每一对夫妇一样，他们也会出现意见相左的时候，但是他们也不需要整整一图书馆的育儿书籍来维持团队合作。每当需要做出决定时，他们就会走进那间铺满松木地板的房间里，关上房门，而我和哥哥则坐立不安地等着。

　　压抑的争吵声结束时，他们会一起出现——母亲整理好发夹，父亲的脸因为压抑的争吵而变得通红。宣布决定时，他们会结成一个凌乱的联合阵线。

　　大多数时候，我们可以猜到结果。我父母的原则根植于传统的家庭价值观和丰富的经验及常识。而且，他们的决定是可预见的，并且令人恼火的一致。

　　"不，"他们会说，"你不能邀请男朋友和我们去海滩度假。

　　"对，你要去参加你远房表哥的婚礼，即使这意味着你不能参加返校舞会。

　　"不，你十六岁生日时我们不会给你买车。我们不在乎玛丽·玛格丽特·吉莱斯皮有没有。"

我和我哥哥不敢质疑他们的决定，无论如何，不能在他们面前质疑。在我们家，他们的话就是法律。

我以为所有的婚姻都是这样的。所以当我的婚姻与他们的不同时，我感到一阵恐慌，即使是在刚结婚的时候。

在无忧无虑地约会时，斯图尔特显得既迷人又自然。我们和朋友一起在沙滩度周末，在他父母的农场打飞碟，有一次他送给我一打法国郁金香，"因为今天是星期二"。

订婚之后，我们需要共同做出决定。

"当然，宝贝。我们晚点再谈，好吗？"他会一边说，一边走向网球场。

"不管你怎么想，我都没意见。"

当我得到一家律师事务所的工作邀请函时，他满脸笑容："他们很幸运能有你加入。不要以为他们都不知道。"

团队合作总会出现的，我自我安慰道。他信任我，让我来挑选瓷器图案并装饰我们的爱巢，这不是很好吗？结婚之后，我们仍然像两个单身的人一样思考。我们每天最大的决定就是晚餐吃什么。"你上次做的鸡肉怎么样？"我有什么好抱怨的呢？他是如此合作。

这种方法曾经奏效过，直到最终失去效果。

孩子出生之后，我就意识到有些不对劲。他们的人生取决于我们的团队合作。

但是深思熟虑的讨论在哪里？

利弊权衡呢？

共同的决定呢？

我们想要固定利率还是可调利率的抵押贷款？

喝奶粉还是母乳喂养?

要上幼儿园吗?

要和孩子一起下跪做睡前祈祷吗?

如果要的话，用哪一种祷告形式?

夏洛特出生之后，我再也不能忽视一个事实：斯图尔特和我完全在两条轨道上运行。

仅仅因为萨姆的问题，我们婚姻中的紧张关系才达到了白热化吗?

还是以上所述种种原因造成的?

当学校问题和吸毒问题出现时，即使是健康的婚姻也会被撕裂。就像是犯罪现场调查员在酒店床罩上挥舞黑光灯以寻找法庭证据一样，这些养育压力可以暴露婚姻的脆弱部分。

我在罗斯林路崩溃的那晚，当斯图尔特回家之后，我不想和他诉说我的绝望。我比我意识到的还要缄默。我们既没有制定出一套共同原则，也没有培养出团队意识。难怪我感觉自己的声音没有被听到或认可。他可能也有这种感觉。

孩子们小的时候，我负责掌管大部分的纪律。我承认，我喜欢这样。但是随着对团队合作和家庭结构需求的增加，巨大的差异变得越来越明显。随着对父母凝聚力的要求不断增加，我的焦虑也随之增加。

萨姆的问题出现之后，我们的婚姻就没有了赖以支撑的基础。我们能穿得漂漂亮亮地去参加慈善舞会，就好像我们之间没有任何问题一样吗? 当然可以。可是，一旦需要解决问题时，我们的婚姻中却找不到任何实用的东西。我们像是在拔河，紧紧抓住已经磨损的绳子的一端。因为一直在用力，肌肉在不断颤抖，但是我们再也坚持不下去了。我们都累坏了。

多年来，我把离婚的问题归咎于萨姆。后来，在康复之家的一个周末，萨姆把他的问题归咎于我们的离婚。尽管如此，我已经和很多毒瘾治疗专家谈过了，知道事情没有那么简单。

"婚姻状况对父母双方在孩子康复过程中所起的作用影响不大。"干预主义者比尔·马厄说。他是该领域的国家级专家，我们在几年后见到了他。他在职业生涯中与成千上万个家庭合作过。马厄还说："我见过离婚后依然能够出色合作的父母，也见过回回都互相拆台的夫妇，他们甚至不愿承认自己的孩子会惹上麻烦。"

一个被毒瘾控制的年轻人需要从父母那里得到什么？马厄说："很简单——父母之间的默契。父母需要达成共识，如果无法在第一次见面时感受到这种默契，我可能会告诉他们，我无能为力。"

团队合作意味着预先制定策略。请顾问帮助你做出艰难的决定。然后问问自己，我们将如何应对孩子被捕这件事？半夜把他保释出来？还是让他在监狱里待一两天？如果不是情势紧迫，那就一起做出决定。事先商量好什么时候关掉他们的电话，没收他们的车钥匙，切断他们的资金来源。然后开始施行，坚持到底。抱最好的希望，做最坏的打算。你们会成为一支更高效的育儿团队。

处于危险中的孩子就是离间父母的高手。他们就像实验室里的老鼠，早已知道应该按下哪个按钮。他们与借钱给他们、帮他们聘请律师、保释他们、不断给他们机会的父母结成联盟。那位父亲或母亲，那个推动者，减轻了他们的行为所产生的后果。这个推动者往往因为太忙、太分神或精疲力竭而无法采取更强硬的措施。因此，他们将孩子不断升级的吸毒行为掩盖了起来，尽可能地忽略它。

孩子第一次出现危机时，已经出现裂痕的婚姻可能会很快瓦解。有的夫妇出于羞愧或害怕被人评判等原因远离了家人和朋友。他们在最需要援手的时候失去了别人的支持。

最近，我在一篇名为《楔子》（*The Wedge*）的博文中写下了这些想法。第二天，我的表妹给我发了一封邮件："琳达，你为什么要这么做？"

"说真的，你指的是什么？"最近，我们谈到了她女儿吸毒的问题，她和丈夫对下一步行动方案意见不一。"我以为你会为我保密。"她厉声说道。

写这篇文章的时候，我并没有想到她的婚姻，但是很明显，它触动了她的痛处。我绝不会轻易辜负朋友的信任。但是她一口咬定我写的就是她的婚姻，我背叛了她的信任。"我写的那篇《楔子》？"我问道，"天地良心，相信我，这不是你的特例。这不是一个有着开头、中间和结尾的特定事件。这是一种慢性疾病，有时比其他疾病更严重。"

不论结婚与否，夫妻面临的挑战是如何面对艰难的决定。

每当需要做出重大决定的时候，萨姆就会显示出离间我和斯图尔特的特殊天赋。"野外项目不适合我，为什么要把所有的钱都花在那里？"他在堵上了通往寄宿学校的所有退路之后，坚持说道，"那里的孩子都是怪胎。"如果这不起作用，他就会开始威胁，"如果你把我送去，我就逃跑。你会后悔的。"他不止一次以自杀相威胁。我们之中总有一个人会屈服，而另一个人则会感到自己的努力白费了。

七年后，萨姆的一封信证实了我一直以来的怀疑。这些孩子知道他们在做什么，而且他们并不喜欢这样做。他在给继父的信中写道：

亲爱的罗伯特，这封信我已经读了五遍。我给你写信是因为我觉得我欠你一个道歉，很抱歉我给你的婚姻带来了压力。请不要往心里去，因为在你和妈妈在一起之前，我就已经开始自我毁灭了。我想告诉你，我真的很在乎你……一直以来，我对我的家庭感到十分失望……请照顾好妈妈和你自己。爱你的萨姆。

诚然，大多数人生来并不具备养育一个需要特别看护的孩子所需的技能。我们需要收起自尊，寻求帮助。很多时候，当父母在黑暗中摸索时，孩子会受苦。

我得到的最好的建议是：无论你的婚姻是固若金汤，还是破碎得面目全非，都要专注于清理出一条沟通渠道，在这个渠道中，孩子是最重要的。夫妻之间其他的一切——

怨恨、紧张、小争吵、愤怒——都禁止入内。

不管是好是坏，我们把这些孩子带到了这个世界。我们没有权利像孩子一样行事。他们需要我们。共同的义务将我们联系在一起，让我们为了他们——总是以团队会诊的方式——共同努力。

第十七章　离婚

　　在接下来的三年里，我发现，斯图尔特和萨姆更像是室友，而不是父子。起初，我想象着自己可以在周二和周四与萨姆和夏洛特共进晚餐，这是我在电视节目或是几个离异好友那里观察到的安排。萨姆和夏洛特可以保持与父母双方以及彼此之间的联系。我对美好婚姻的梦想换来了优雅离婚的幻想。如果不能保持家庭的完整，我决心创造一个最和睦、最正常的离异家庭，尽管离婚前我们并没有做到这一点。

　　不过，我和自己开了一个玩笑。斯图尔特并没有这种想法，他对共同抚养孩子的理解是事后告诉我他的决定。"这与你无关，琳达，"当我通过电子邮件告诉他我的疑虑时，他反驳道，"现在他和我住在一起。你没有为他花钱。这件事我说了算。"并用"周四晚上带夏洛特过来"结束了他的回复邮件。

　　萨姆与他住在一起时，斯图尔特就像拔掉一盏准备扔掉的过时台灯的插头那样，切断了我与萨姆之间的联系。就连萨姆也把我当成不受欢迎的入侵者。脱离决策圈之后，我失去了与他之间的日常联系。

就算有宵禁，萨姆通常也不当回事。这个消息是我从朋友那里听说的，他们的孩子非常羡慕他自由自在的生活方式。但是萨姆一发不可收拾，即使是泛泛之交也大声暗示我不能忽视。我相信他在高中期间从吸毒者变成了毒贩子。一个朋友的朋友——我在花园中心见过一次的女人——把我拉到旁边的蔬菜摊位上，提到她看见萨姆在工作日午餐时间开着卡车在她家附近转悠。"你不觉得奇怪吗？"她边说边打量着新鲜的孢子甘蓝。

"我会去看看的。"我心存感激地向她保证，试图用恼怒掩盖我的羞愧。

两个月后，萨姆因持有毒品被逮捕，相关的法律问题接踵而来。他的驾照被吊销。后来，他因为超速驾驶被拦下，并且被发现属于无证驾驶——你猜对了——他只有被吊销的驾驶证。

斯图尔特不以为意。"这只是一个阶段，"他轻蔑地说，"男孩子嘛，他们遇到了一点小麻烦，但最终都会解决。"

由于我和他无法达成一致，像爱德华·布鲁克斯一样，一个又一个医生拒绝了我们。"我可以开一整天的药，"最后一位医生叹了口气，"但是除非父母双方各就各位，给予他像脚手架一样牢固的支撑，否则这些药没有任何效果。"没有精神科医生，没有药物治疗，没有心理医生或导师，也没有规则，萨姆走上了自我毁灭的道路。他入狱的速度与斯图尔特保释他的速度一样快。

尽管如此，帕特从未动摇过。

"坚持住，"她建议道，"琳达，你显然已经得到了退场通知。现在你能做的最重要的事情是为夏洛特创造一个健康的环境和一个安全的家。记住，当你下定决心成为更坚强的家长时，萨姆才会把你当回事。他会知道你是认真的。"

"所以我不应该为我的孩子而战？"我疯狂地反驳她，"我就这么放弃，扮演受害者的角色？"以前我从未反驳过帕特。

"看起来你好像是要放弃萨姆，"帕特说，"在雄性激素上升时跳上拳击场的想法确实很诱人。但是当你退后一步，停止反应，反而会有意想不到的效果。一个人无法制造冲突。不要参与其中。这可能看起来像冷漠或放弃权力，但事实恰恰相反。这是联系、力量和清晰的源泉。当你身处风暴中心，追在萨姆身后，每次在他遇到麻烦时收拾他的烂摊子，求斯图尔特和你沟通的时候，你就会被卷入混乱之中。后退是违反直觉的，我明白。你对此感到不舒服。但是最后你会发现，它真的管用。"

没有帕特，我会变成一个木偶。半夜被监狱打来的电话惊醒，匆忙赶到市中心，发现萨姆在那里，死不悔改。安排保释。付清罚款和律师费。我传递的信息是什么呢？去吧，亲爱的，去违法吧。我会把你从那些坏警察手里救出来。我会竭尽全力去做。

里士满家庭康复咨询中心的芭芭拉·伯克说："孩子们在责任圈里长大。想象一圈同心圆，就像在湖里扔一颗鹅卵石。第一圈是家庭，那是靶心。对大多数孩子来说，家庭规则提供了健康的界限。但是如果孩子不能遵守这些规则，学校就会接管他们。那是下一个圈。他们会被停学或开除。如果学校的制裁还不能阻止他们，那么当地的执法部门就会介入。下一个圈是州警察。然后是联邦警察。结局是由孩子自己决定的。"

"斯图尔特是怎么想的？我只是一个生育工具？"某个雨天，我在与帕特会面时问道。萨姆在当地一所全日制学校磕磕绊绊地读完高三，这所学校在伊迪丝·戈德曼的保证下接受了他。

两年前，我和萨姆一起去了河城学院参加入学面试，结果因为看到一位学生而放弃了那里。她打了耳洞、身体穿孔、挂着钱包链，染了一系列自然界不存在的发色。你可以说我肤浅，但我无法想象萨姆会喜欢那里。

"感觉怎么样？"第二天，戈德曼博士问道。

"嗯……我喜欢这所学校——让我有点担心的是那里的学生。带我们参观的那个女孩有舌钉，有点像哥特人。我不确定萨姆能在那里找到朋友。"

"哦？"

我在给自己挖坑，但是我停不下来。

"为什么这么说？"

"那里的孩子看起来像怪胎。"

现在，我掉进了自己挖的坑里。

"哈里森夫人，萨姆和那些学生之间的共同点和比街上那些穿蓝色夹克的男孩之间的共同点多得多。"她朝圣男子学校的方向点点头，"你可能不喜欢他们的服饰，我理解。当一所学校或它的学生与他们的形象不符时，父母很难接受。但是相信我，那些年轻人正在努力克服各种障碍——就像萨姆一样。河城学院是为年轻的女孩和男孩量身定做的，他们碰巧要应对许多相同的挑战。顺便说一句，已经有一些令人印象深刻的学生毕业了。"

————

现在，萨姆的行为已经与我的价值观大相径庭，我甚至感到毛骨悚然。怎样才能让我的密友相信我完全不赞成孩子的行为呢？他们知道我无力改变这一切吗？我该如何调解？我不是那样长大的。如果有选择的话，我不会这样抚养孩子。他公然藐视我所了解的文明中的每一条规则——无证驾驶，在斯图尔特的家里开派对，开车经营"小生意"——我感到羞愧。

每一场新的灾难都让我觉得自己名誉扫地。我刚恢复常态，挽回了最后一点尊严，萨姆就会把一切都弄得天翻地覆。一个圣诞夜，我们坐在教堂的长椅上。萨姆穿着海军蓝外套，戴着领带，看起来像个百万富翁。我自豪地笑了，但是当我看着他慢慢走开时才猛地惊醒，我的骄傲变成了恐惧。当唱诗班像天使一样歌唱的时候，萨姆因服用了扑热息痛而飘飘欲仙，大脑不受控制。我忽略了他手臂上的悬带——一个朋友用棒球棒打碎了他的骨头，以此解决了一起毒品纠纷。即使是像这样近乎完美的时刻，也无法躲开萨姆生活中的混乱。

"我要一直对你说这些，直到我变得筋疲力尽的那一天。"帕特十分坚定，"每次我都会提醒你，萨姆的行为不能定义你。他是他，你是你。我们必须做的工作——这可能需要时间——是让你看到你是一个独立的实体。我们需要引导你实现自我意识的觉醒，超越他人对你养育方式的看法。我们的目标是让你拥有一种不被孩子的成败左右的能力。"

"就连祖父辈们都聚在一起讨论这个噩梦，"我告诉帕特，"这和我父亲的经历很不一样。一个单亲家庭的孩子？对方没有责任吗？在他看来，这在很多层面上都是错误的。"

"有进展吗？谈得怎么样？"

"他们两个坐在咖啡店里，我父亲毫不讳言地指出斯图尔特正在轻视我作为萨姆母亲的角色。当父母一方诋毁另一方时，实际上是在犯罪。我父亲说他会尽他所能支持我们的家庭，但是归根结底，斯图尔特和我需要站在统一的战线上抚养这个孩子。斯图尔特的父亲完全同意。他们谈了两个小时。"

"然后呢？"

"什么都没变。"

———

我学会了什么都不想当然，但在4月，当萨姆在河城学院读到三年级的时候，他要毕业了。在转了四次学，而且在野外待了一年之后，他终于要毕业了。我喜出望外。在这个重要的周末，他的继父从宾夕法尼亚州飞来。他的姑妈从罗诺克开车过来。两家祖父母都在那里，我父母从南卡罗来纳州沿着 85 号洲际公路开车来到这里。叫到萨姆名字的时候，可爱的夏洛特握住了我的手。

但是萨姆的爸爸没有看到他走上舞台接受文凭的样子。毕业典礼与斯图尔特一年一度的飞钓之旅在同一个周末，斯图尔特在山里的度假村度过了那个周末。五年前，我们在那里结束了我们的婚姻。"萨姆让我去度假，"他后来解释道，"他说没事。"到现在为止，斯图尔特已经在萨姆身上花了几十万美元的学费和治疗费。我决定正视这个事实，选择感恩而不是愤怒。

尽管如此，我还是为萨姆感到难过。在我完美的家庭梦想里，他的父亲也在那里庆祝迄今为止他短暂而动荡的少年时代最重要的收获。然而，他给了他的父亲一个逃离的出口和一个简单明了的答案，即使这不全是真的。他们有他们的相处模式。我相信他们会以自己的方式庆祝。

萨姆手里拿着文凭，笑得合不拢嘴。在那个笑容的背后，我感觉到他的心里闪过一个小小的念头：也许我能做到。我也允许自己片刻有这样奢侈的幻想：也许他能做到。

他很清楚自己下一步想去哪里。我相当喜欢他的计划。他会搬到科罗拉多州，在社区大学上两年学。他会去爬山，呼吸新鲜空气，听音乐会。学术研究会为他提供支持。对他来说，这是一个全新的开始。

也许，只是也许，我们看到了光明。也许萨姆会迈开大步向前走。也许有一天，我们回首往事时会松一口气。我们都会有同感：唷！这是一个多么艰难的时期。我们能挺过去难道不幸运吗？

第十八章　怎么了，女孩？

　　"书友会"里有几个人正在努力融合再婚后的家庭，而另外几个人的婚姻伴侣依然是原配。那些老夫老妻可能不再那么激情四射，但是无论如何，他们的婚姻仍然很牢固，这是不小的成就。

　　"新婚夫妇"的私房话题引起了老派妻子们假意的恐惧。兰口齿清晰地说道："这叫作景观美化。"就像是在对三个年老的外国人说话一样。"没人再入乡随俗了。你应该试试，"她用手肘推推露丝，"做一次巴西蜜蜡脱毛，你会觉得自己瘦了五磅，大卫会觉得在自己家里有一场艳遇。"

　　"天哪，信息量太大了！"露丝畏缩了。我们都在笑她，因为话题终于不再围绕假释官和毒品测试而松了口气。"书友会"的话题从沙拉调料配方到家政服务，从失败的婚姻到失去孩子的可能性，无所不包。

　　那个圣诞节，当我们交换礼物的时候，露丝打开盒子，发现里面有一个兔子饰品，还有一张当地一家成人用品商店"亲吻与化妆"的礼品卡。我们在标签上写道：不要忘了可能性！爱你的"新婚夫妇"。

这次轮到在我家聚会。像往常一样，露丝总是第一个进门，她夸张地说："怎么了，女孩？晚餐闻起来很香。"她拿起一个小胡萝卜，拖着它划过我放在柜台上的鹰嘴豆泥碗。"上帝啊，我想你。"她一边说，一边抓住风衣的下摆，把它罩到头上。我从切好的奶酪薄饼面团中抬起头，挥舞着我的刀说："别靠得太近。萨姆又开始吸毒了，我正准备用这个东西。"她拉过凳子坐下，情绪发生了变化。"怎么了？"

我把切好的面团放在饼干纸上，挨个狠狠压紧，好像这全是它们的错。"罗伯特和我在网上查了法庭记录，这孩子不可能找到工作。'妈妈。'我和他通电话，问他发生了什么事的时候，他说，'一切尽在掌控之中。这不是你的问题。'我听到他抽出万宝路，慢慢吐烟圈的声音。他想骗我。"

"我从莉兹那儿听来的。你们一定想扭断他的小脖子，不是吗？"她向前探了探身子，扫视了一下柜台，目光落在饼干纸上，"你在做什么？"

"阿拉巴马的做法，玛咪牌的，真正的自制奶酪薄饼。利比市场冷冻区买的。我手头备着一卷应急，现在，我的整个生活就像是一场紧急事件。"

当我把托盘放进烤箱时，露丝咯咯地笑了。我转身面对她，双臂指向天空，手上还戴着烤箱手套，笑道："如果他一直忙着应付被捕和上法庭，怎么有钱追着蔓延恐慌乐队和奶酪串烧乐队的全国巡演？"

作为母亲，你要学会解读空白。他们不提工作就是他们没有工作。

"我又不是三岁小孩。正如我父亲所说，我不是从萝卜车上掉下来的。"

就在那时，车灯扫过窗玻璃。

"兰来了。我想西莉斯特应该是搭她的车。萨莉要迟到了，放学后她要参加家长会。等一会儿再说。你肯定不想听第二遍。"

兰像往常一样走进来，看上去像个百万富翁。

"好吧，你从哪儿弄来的夹克？"我脱口而出。

"卡里街，"她看上去很自豪，"打折款。"她径直走向我放在柜台上的笔记本电脑，在键盘上敲了起来，"来，给你看看，有三种颜色。"

"兰穿麻袋也好看，"西莉斯特在前厅说道，一边用脚把门关上，"不过你说得对，的确很好看。"

露丝扭过头。"哦，上帝！"她挥挥手，做了个鬼脸，好像闻到了什么腐臭的东西，"你怎么会穿那种东西？看起来像是在玩换装游戏。"

"嗯，丹科斯肯定不行。"兰打趣道。

"别拿丹科斯开玩笑。"露丝反驳道。

"你们饿吗？"我示意她们安静下来。

"饿死了。"兰从笔记本电脑上抬起头看着我。我从药箱旁的烤架上拿起香煎鸡，放在煎锅里加热，然后放在芝麻菜上。这是我从一本杂志上学来的食谱。我在上面撒上调料，然后混搭一些馅料：柠檬、帕尔玛干酪、大蒜、油和其他一些零碎的东西。我非常相信巧妙的捷径——我祖母称之为即时回放。就算我烤了一个冷冻比萨或者从便利店买了薯条和法式洋葱蘸酱，"书友会"的伙伴们也不会在意。我们之间神圣契约的基础是诚实和支持，而不是美食和高级时装。

"请自便，坐下吧。萨莉马上就来。"我说，递给露丝一个盘子。

萨莉来的时候，我们放下刀叉，让她能有足够的时间祷告。作为一名天主教学校的护士，她能够感受到我们的感受并在祈祷中表达出来，就算是教皇也会羡慕她的祈祷，她经常会在祈祷中穿插新闻。在萨莉的祝福下，我们的会面变得神圣了。

"天父，"她一边说，一边把胳膊从夹克袖子里抽出来，"谢谢你赐予我们声音和倾听的朋友。一个让我们放下负担的地方。不受审判的地方。平静的地方。祝福我们的总统和我们在中东的勇敢的军队。保佑俄克拉何马州的龙卷风受害者，可怜可怜那个把孩子留在车里去塔科贝尔面试的可怜女人吧。因为我们都在尽最大努力，即使做得并不漂亮。请保护我们的孩子。上帝知道我们已经尽力了。愿这食物为我们所用，愿我们为你的爱服务。阿门。"

露丝像交警一样举起双手。"好吧，所有人注意，我们有一个需要解决的大麻烦。"她朝我点点头，"准备好了吗？"我点头，她继续说道。有时候需要来一段开场白。"看来萨姆每天吃喝玩乐，但却没有任何工作。"

"说具体点，琳达。"兰说。

"他到处跑。他丢掉驾照的频率和我把老花镜放错地方的频率一样高。他不可能有工作。他忙着被捕。根据丹佛法院的记录，他已经错过了三次庭审日期，并因未能出庭而被处以巨额罚款。我想说这孩子是怎么付房租和买汽油的？还有杂货？斯图尔特没有回复我的电子邮件，所以我想知道，他是不是在资助他？"

"听起来他像是在做毒品交易，而且有人给他提供资金。"萨莉说道。

两年前，她就在穷途末路时目睹了一桩毒品交易。她的儿子乔治不是在买毒品就是在卖毒品。谁知道呢。从那以后他一直在监狱里进进出出。他被假释，然后未能通过法庭强制的药物检测。他就这样反反复复折腾。萨莉告诉他，她和他爸爸不会再保释他了。

我回忆起我们去南卡罗来纳州的旅行，那时我几乎不认识萨莉。她暗示过乔治有问题，但是从来没有提过吸毒。从那时起，我就看到她在水深火热中顽强地坚持着。

兰说："花掉一张支票比想出一个策略要容易得多，要是一样容易就好了。"

露丝插嘴道："琳达，如果斯图尔特不听你的，他有兄弟吗？或者一个能说服他的朋友？如果他不切断萨姆的经济来源，事情会变得很糟糕。"

西莉斯特一直保持沉默，但是她抓住了这个机会。她已经戒酒十二年了，我们尊重她的洞察力。"伙计们，这就是无能为力。第一步，记得吗？"房间里一片寂静，"琳达，如果真有你能做的事情，我知道你会做的。现在，你不能控制斯图尔特，你也不能控制萨姆。萨姆需要为他自己的行为承担后果。琳达，亲爱的，你也需要接它们。"

"这是你能做的，"她继续说道，"你将为康复计划付钱，但你不会保释他。你可以给他写封信，提醒他毒品交易是重罪。告诉他你不会支持那种行为，但你会支持治疗。只要他准备好了，你就百分之百支持他。他远在科罗拉多州，这里所有的母亲都不会因为你让他自立而把你批判得一无是处。"

帕特也跟我说过这样的话。听到这个观点再次得到认可，感觉很好。

"我知道这违背了你作为他的母亲所该做的一切。但是那些用高价律师保释孩子的父母只是在自找麻烦，"兰附和道，"我和前夫意见不完全一致，但我们已经就钱的问题达成了协议。如果我给卡罗琳买了东西，就会发短信给格雷格。这样，我们都知道那个孩子从爸爸妈妈那里拿走了多少钱。我们之前发现她向我们要了两份教科书的钱。你必须堵住那个缺口。"

"戒酒协会有一个老笑话，"西莉斯特补充道，"你怎么知道一个瘾君子在说谎？"

"不知道，西莉斯特。是什么？"

"他的嘴唇在动。"

这个笑话引起一阵大笑。

露丝抓起烤箱手套，晃了晃。"我要分享一个笑话，伙计们。我遇到一个朋友，她的女儿患有饮食失调症。在很多方面，这和吸毒是一样的。她的孩子染上了另一种可怕的疾病。你知道她做了什么吗？她把那个讨厌的饮食失调症命名为'弗雷德'。这样她就能把疾病从女儿身上分离出来。当她的孩子被疾病困扰时，我的朋友就把它归在'弗雷德'的身上。'弗雷德又来了'。"

我对萨姆的同情油然而生。这些天来，他身上有很多"弗雷德"。我们的孩子都是如此。

我们继续围坐在桌旁，分享新闻和最新消息。和这些与我一样在周而复始的生活中被榨干的女人待在一起使我感到平静。我们互相扶持。我们摆放好盘子，放进洗碗机，然后互道晚安。

活在当下。

我们又一次渡过难关。

第十九章　红色大门

　　科罗拉多州传来了更多令人不安的消息。首先，萨姆吃了一张交通罚单，然后是肇事逃逸。当萨姆被登记为毒贩的时候，违法行为已经吞噬了他生活的大部分，并侵蚀了长期以来给予他支持和帮助的友谊。最近一连串的事情让他失去了公寓。他一直睡在车里，直到肇事逃逸后车辆被扣押。然后他在一个又一个朋友的沙发上借宿，直到他不再受到欢迎。

　　没有了通信地址，萨姆的生活出现了一场海啸，充斥着错过的庭审日期、未付的账单、无人看管的假释——他在违法的泥沼中越陷越深，尽管他从不认为这一切与吸毒有任何关联。帕特说，只有危机才会带来真正的变革。"一段插曲。一件让人痛苦，但上帝保佑，并不致命的事情。"她解释过了。但是萨姆的否认根深蒂固，很明显是"弗雷德"占了上风。我又开始紧急寻求帮助。

　　我听说过"书友会"伙伴的孩子们撞了南墙，迫使他们正视自我毁灭行为的故事。西莉斯特的儿子不记得他和三个棒球队友因为一场雨而回家喝了几杯啤酒的事情。天空放晴之后，他就不记得自己喝醉了，于是又回到棒球场。当三个父亲把他摔倒在柏油路上，塞进她丈夫的车里准备送他回家时，他曾又踢又打。他擦破了膝盖和胳膊肘，第二天早上醒来时全然不知发生了什么事。"我看见到处都是干的血迹，"查理说，"但是，我不记得它们是怎么来的。我吓坏了。就这样。我知道这样做会产生什么后果。"

我很羡慕萨莉的儿子乔治，因为他会在深夜叫醒父母去忏悔。我祈祷"有人来敲我的卧室门"，接着是萨姆发自内心的恳求。否则，他最终会回到监狱或者死去。我很确定。二十二岁时，他无法保住工作，在监狱里待了六个星期后，他仍然没有醒悟。

几年后，我写了一篇博文，生动地描述了否认在我看来是什么样子：

一天晚上，你从沉睡中醒来。

你能闻到淡淡的烟味，但你希望这只是一场梦。

你太虚弱了，无法起床检查气味的来源。

你翻了个身，试图继续睡觉。

终于你睡着了。

一段时间后，你的感官被唤醒，被一种熟悉的烟雾所笼罩。

你嗅着空气，想知道此时此地它是否就在房间里。

也许不是。

当然，你是在想象。

你祈祷你是在想象。

但是你预见到真正的危险。

等等——现在，你不仅能闻到什么，还能看到烟雾旋涡在角落里蠕动，还有橙色闪光。

这是一个由活跃的想象力幻化出来的景象吗？白日梦？噩梦？

你不想成为一个危言耸听的人。

你决定等着瞧，因为你还有点困。

事情可能会改变。

闪光可能会熄灭。

突然间，你完全清醒了。你知道了真相。令人窒息。

你的房子被火焰吞没了。

我说得筋疲力尽，面红耳赤。我恳求他用三十到九十天恢复健康，别再精神错乱。我有责任，或者说我是这么认为的，确保在这个过程中萨姆的情绪波动不会越轨并伤害其他人。如果他卖了过量的毒品致人死亡呢？或者在正面冲突中摧毁了一个年轻的家庭？眼下，这些场景并不牵强。但是我到底该怎么办呢？

我读到过家人和朋友聚在一起进行干预的做法。他们恳求一个瘾君子"醒来"，打破身后否认的石墙。帕特让我认识到，瘾君子和他的家人会被否认温暖的拥抱所催眠，从而助长这种行为。她解释说，摆脱否认不可能一蹴而就。瘾君子——或他们的父母——可能会意识到情况的严重性，随后又回到否认的状态直到再次醒来。这是一个循环过程。

干预背后的理论是，如果萨姆被爱他的人包围，听到他们讲述他给他们和他自己造成的痛苦，他可能会看到光明并同意接受治疗。我们已经试着像一家人一样和萨姆说话了。现在，我们需要一位专业人士。

"你认识干预专家吗？"我问了几个密友。这就像要寻找一个有声望的巫医或者一个可靠的驱魔人，但是我不在乎。有一个名字被反复提起：比尔·马厄。不要与那位电视评论员混淆，这位比尔·马厄住在里士满，但是与那位电视评论员一样，他的名气传遍了全国。我把他的简历转发给斯图尔特，希望他能加入。我不知道马厄是否会接受我们，但是就像每个拿起电话拨打他号码的人一样，我十分绝望。

干预可能是一项昂贵并且风险很高的业务。你给一两位住在外地的长辈买机票，你还得支付干预专家的费用，可能需要花费超过一万美元。没有退款保证，也没有"干预保险"政策。最好的情况是瘾君子的毒瘾螺旋式下降。如果干预成功，父母就能获得向住院治疗项目投入数万美元的"特权"，并且只能希望和祈祷他们的孩子一旦去了那里就能原地不动。治疗机构不是监狱，瘾君子兼病人没有被监禁，他们随时都可以出去。就是这样。

让我真正松了一口气的是，斯图尔特发邮件说他和马厄本人谈过了，这简直就是奇迹。当我下载了详细描述马厄治疗过程的附件时，我很感激和我有过激烈争执的前夫能够和我一起选择专业治疗这条道路。不管他自己是否知道，斯图尔特正在采取措施，迫使他撬开潘多拉的盒子，并对飞出盒子的小妖怪负责。对此我不得不对他竖起大拇指。尽管如此，我们还是有自己的工作要做。

从里士满历史悠久的排屋旁走过时，我绝不会想到面向人行道的红色大门是我们要找的地方。但是那里挂着一个招牌：比尔·马厄。他自己也曾是一个瘾君子，而且他毫不掩饰自己曾经在城市底层生活的经历。他睡过桥洞，为一个贩毒集团走私海洛因。

作为一个目光敏锐、自信满满的人，他如福音传道者般给房间注入了热情活力，马厄已经戒毒十九年了。他促成了两千多次干预。自愿放弃匿名权的客户中包括两位总统和几十位一线明星。如果马厄愿意讲述这些故事，《人物》（*People*）杂志的编辑绝对愿意高价购买。但是他不会这样做。他在回应召唤，来平息一场场旋涡，好让瘾君子愿意接受帮助。

"你们家有一个正在上速成班的年轻人。"第一次见面时，马厄在与周围的人有力地握了握手之后说道，然后在那张破旧的软垫椅子上坐下。他也听到了令人痛心的消息。"他是一个出色的操纵者——所有瘾君子都是——所以即使你们反目成仇，"说到这里，他停顿了一下，目光从我转向斯图尔特，又看向我，"你们必须锁定双臂，坚定地反对被操纵。他的疾病会杀死他，如果你们——他的试金石——不能合作结束这种疯狂的状态。现在，你们是他自我毁灭的同谋。你们在给他缓冲。如果你们不能停止相互对抗，就将一起为他的葬礼做准备。"

马厄说得对。

"你希望孩子这样吗？尽管存在分歧，但是你们会致力于合作吗？"

沉默。

我直视前方。我觉得马厄是我的救世主。就算他让我剃光头，摇手鼓，我也会照做的。我准备加入任何有行动计划的人的队伍。也许马厄可以砍掉缠绕在我和斯图尔特周围那些充满愤怒和怨恨的有害灌木丛，多刺、粗糙的杂草几乎让我们无法呼吸。他就是一个挥舞着弯刀的人，能在混乱中劈出一条血路。

你会认为当孩子处于危险中时，父母会把他们的分歧放在一边。不知何故，如果萨姆被诊断出患有白血病，我们能够做到，毫无疑问。但是毒瘾的卷须像葛藤一样缠绕着一个家庭，编织着让一代又一代人窒息的罗网。与瘾君子打交道，谎言、操纵、疲惫、羞耻和徒劳会引发连锁反应。甚至滴酒不沾的人也啜饮这杯有毒的鸡尾酒，责备、否认并以怨恨为食。马厄说，这种疾病会感染父母、祖父母、姑姑、叔叔，尤其是兄弟姐妹，他们会成为终生的救助者。问题不在于兄弟姐妹是否受到影响，而在于影响的程度和深度。

我双手合十，做了一个祈祷手势，回应马厄要求我们团结的请求。我的嘴唇不由自主地颤抖着，泪水顺着脸颊往下滑。我非常想摒弃前嫌，重新开始，但是一种痛苦的愤怒已经深深地扎根在我的细胞里，抑制了我的慷慨。如果我们早点面对萨姆的现实，也许我们就不会在情感和经济上付出如此巨大的代价。

作为干预的一部分，马厄让我们列出萨姆生活中方方面面的人：朋友、家人、女友、导师、教练或顾问，所有对他来说有意义的人。接下来，我们需要找到萨姆的一位朋友，那个已经走出黑暗，并且和他年龄相仿、曾经与他处于同一世界的人。

"我们是划分生活的大师，"马厄说，"通过将家人、同学、雇主、教练、牧师和朋友聚集在一起，瘾君子会发现来自不同层面的人聚集在一起。也许这是有史以来第一次，他开始以惊人的相似度袒露心声。这个小组会分享经历，有些甜蜜，有些悲伤，有些丑陋，有些可怕，甚至卑鄙。事实的真相，那些瘾君子一直隐藏的真相，在一个充满支持的安全的空间里显现出来。"

我觉得马厄没有想到我们找到了十四个人，但是当我们在接下来的一周里提交名单的时候，他并没有表现得十分惊讶。他的收费已经高达几千美元了，就萨姆而言，他说我们需要后援。我们以每小时三百美元的价格，聘请了一名前缉毒特工充当萨姆的安全护卫。马厄推荐了位于宾夕法尼亚州的卡隆治疗中心。他提前打电话预订了床位，而斯图尔特则填写了必要的入院表格。

从科罗拉多州回到家，在经历了几个星期的挫败后，我开始重新振作起来。我一直在想，斯图尔特和我怎样才能一起努力，让萨姆在约定的日期和时间来到马厄的办公室，感觉像是在策划一个惊喜派对。萨姆是个难以捉摸的人，躲藏在我们世界的阴暗边缘。如果我邀请他共进午餐，他会觉得可疑。另外，我不相信他会出现。于是，我们骗他说斯图尔特要带他去见律师。新的指控悬而未决，这引起了萨姆的注意。我们招募了他的朋友迈克尔作为他的精神支持。

萨姆的支援团将在两周内集合。与此同时，马厄要求关键人员写下他们对他的爱与关心。"你只能表达你自己的感受，"马厄解释道，"这封信不能包括对于他的感受的猜测，也不能指责萨姆或其他人。以第一人称进行表述。记住，'你'不是一种感受，所以不要说'我觉得你一片空白'。避免一概而论，永远不要。"

十天后就是进行干预的日子。我的肚子开始像圣海伦斯火山一样咕咕作响。我觉得萨姆不会理会我们的请求，更不用说接受帮助了。我们下了一个昂贵的赌注。但我们还是采取了行动。这很令人欣慰。

我们在真人秀节目中常常看到这样的干预：毫无防备的目标跌跌撞撞地走进一个满是家人和朋友的房间，或者他在半夜被人从温暖的被窝里拽出来。专业人士称之为"突袭抓捕"法，在极端情况下，这仍然是合理的。但是马厄开创了一种更温和的方法。"我们称之为邀请性或系统性干预。我们传递的信息是，他所爱的人会支持他走康复之路，而不是放任疾病的发展。我们致力于保持信任，"他解释道，"这增加了长期康复的机会。"

当你给瘾君子钱去买杂货或付房租时，可能感觉自己是在为他提供支持，实际上，你是在助长他的疾病的发展。毫无底线地爱孩子，最终会毁掉孩子，马厄严肃地告诉我们。如果不这样做，就可以减缓疾病发展的势头。但是瘾君子世界里的每个人都必须知道游戏规则。每个人都必须参与其中。你们都要坚定不移。

———

在指定的那一天，我们在马厄的办公室相聚。他在房间里多加了十几把折叠椅。看到萨姆的教父、祖父、姨妈、几个看着他长大的我们的好友，以及他三年级时的老师（在他的激励下我们度过了在圣男子学校的日子），我有些不知所措。出于对萨姆的爱，他们聚集在了一起。八年后，对那个房间里的人们充满爱意的回忆仍然让我感动得落泪。他们永远不会知道这对我们家而言有多重要。

马厄礼貌地欢迎他们。他在大家面前讲话的时候，传递了他全部的力量。"如果想拯救这个年轻人，你们都需要读同一本书，同一页，同一段落，同一句话。"他停顿了一下，好让他的话慢慢发挥效用，就好像他在主持一场福音。

他紧握双手，掌心对掌心，以示团结，他的声音变得如同耳语般柔和。"这个家庭正处于痛苦之中，"他指了指我和斯图尔特，"你们愿意为了他们来到这里，这是一份不可估量的礼物。这就是生活的全部。萨姆看到你们时可能会生气。他可能会困惑。他可能会松一口气，也可能会挑衅。但是不管他做什么，不要在内心深处认为他不喜欢你出现在这里，哪怕一分钟也不要这样想。"

我们在门口紧张地等待。房间里每一寸都充满了期待和停滞的空气。

萨姆走进来时会发生什么？

没有人知道。

第二十章　没有炖菜

叠衣服的时候，家庭游戏小组的朋友卡梅伦打来电话。"他穿过三条车道，撞上了高速公路上一个巨大的绿色标志牌，"她说，"撞死了。他们认为他吃了迷幻药。"

自从这个穿着黄色雨靴和蝙蝠侠斗篷的男孩出现在我们家参加活动起，我就认识他了。他是萨姆的同学，那时他才六岁。现在，他二十四岁了。他的葬礼定于周四上午十一点举行。

坏消息，令人心痛的悲剧。一个孩子突然死亡的消息会让你窒息。在那一刻，世界停止了转动。在那一瞬间，一个家庭的故事被永远改写。

我重重放下电话，坐在厨房的柜台边哭了。为那个男孩，为他的父母，为他的兄弟姐妹，也为他年轻的朋友们。我看见他追在萨姆和我们的狗波身后，跑出游戏室，进入后院，蝙蝠侠斗篷在身后高高飘起。他已成长为一个英俊的年轻人。又一条前途无量的生命陨落了。

在这座城市里，一个家庭突发的死亡事件会让女人们迅速行动起来。我们带着卡片文件盒和炖菜冲向那里。邻居和朋友动员起来，哄着悲痛的父母将家交给我们管理。
说真的，他们别无选择。他们正在与牧师和殡仪馆的人会
面，为离家上大学的孩子安排回东部的航班，挑选赞美诗，
撰写讣告。一个生命还没开启，怎样为他撰写总结？

他们的房子变成了一个忙碌的蜂房，挤满了帮手和访
客，门铃声和送货卡车的声音不绝于耳。我们支起一张桌
子，仓促地建起一个指挥中心。在那里，我们用铅笔在黄
色的便笺本上记下访客的名字。我们核实他们的地址，记
下他们的贡献。休息的时候，我们会灵活高效地将这些信
息登记到卡片上。撰写感谢便条的时候，这份由坚定的同
情心支撑的痛苦记录就能够派上用场。

几年后，每张卡片都证明了生活中深藏的优雅，即使
我们看不见它。电子表格无法与金属翻盖式的文件盒相比，
后者是家族的财产，有时是几代人的财产。这个有形的符
号强化了一条信息：你并不孤单。

卡片。纸杯蛋糕。芝士棒。捐款。

我们接听电话，下订单，清理冰箱，为尤金妮亚·威
廉森听到消息后马上送过来的精心烘焙的椰子蛋糕腾出空
间。另外，我们指定人员留在家里收货。报纸上的葬礼通
知向所有人发出了邀请。下午三点到五点没人在家。总要
有人留下来看护这里。

之后，年轻人开始进进出出，他们穿着庄重的衣服，
带着怀疑和困惑。到目前为止，他们对死亡的体验仅限于
金鱼和祖父母。我担心，用不了多久，他们就会习惯这一切。

一直以来，我们都在暗暗感谢上帝，这不是我们的孩

子，不是我们的家，也不是我们装满炖菜的备用冰箱。但是有这种可能，因为我们都处于同一块薄冰之上。

———

下一周"书友会"聚会时，西莉斯特、露丝和我都已经精疲力竭了，我们已经为凯瑟琳家的事忙碌好几天了。茜茜刚刚搬进市中心的仓库公寓，但是那里充满了都市的时尚氛围。我有点羡慕，就快五十岁了，不用操心房子和院子？这一切都让人觉得解脱。

"我不知道为什么凯瑟琳还能挺着。"露丝说，"人流涌动，心如刀割，她不得不为最小的孩子找一件海军蓝夹克和鞋子去参加葬礼。你看到他有多高了吗？"

"黄色毛衣怎么样？我穿着它参加过我哥哥的葬礼。"茜茜插嘴说。涉及与兄弟姐妹和悲伤有关的话题，我们都会去找她。她提醒我们，你永远不知道人会在什么时候自杀。她花了二十年才明白这一点，所以她与我们分享了这来之不易的智慧。

"十四岁时，没人注意我或是我的穿着。我不知道人们在葬礼上都穿些什么。黄色毛衣？试试看。你只希望能够蒙混过关，很多时候你会弄错。当你为生命的逝去而悲伤时，就无法保持头脑清醒。最后，我想，世界不会因为我穿着黄色毛衣去参加哥哥的葬礼而停止转动。"

"吃的呢？"露丝插嘴道，"我们必须把其中的一半送到三个邻居的冰箱里储存。"

"天哪，这让我想起了我的朋友詹娜，"茜茜打断她，

"听听这个，"她疯狂地挥手以引起我们的注意，"她哥哥在一次车祸中当场死亡，另一名司机越过了中线。太惨了。两天后，詹娜的母亲忙着准备炖菜。她拿起电话：'你好，西尔斯百货吗？'在另一个房间的詹娜竖起耳朵，但是没能及时阻止她，'我儿子刚刚去世，我需要一个急速冷冻冰箱。今天！'"

"炖菜？"兰说，"凯瑟琳的孩子活着的时候，炖菜在哪儿？做阑尾切除手术或者腿部手术的时候，不是应该有吗？可是一旦你的孩子成了瘾君子，就没人会给你带炖菜。"

"这有什么稀奇的，兰。事实上，急速冷冻冰箱的故事只是有点好笑罢了。悲剧背后总是隐藏着一丝幽默，"萨莉说，"就像我奶奶。我们在她临终前聚在她的病床边。她睁开一只眼睛说——我不骗你，心急吃不了热豆腐！"

茜茜拿出两瓶梅鹿汁，给每人斟满一杯。"西莉斯特出城了，对吗？"她说，偷偷环顾房间。在书友会之夜，出于对她的尊重，我们坚持喝冰茶。但是在西莉斯特不能过来的时候，我们就会喝一点点酒。

我们在茜茜的客厅坐下。萨莉摆弄着她的老花镜。"事故中还有其他人受伤吗？"她开口说道，然后顿了一下，"我是说……如果是你，你会怎么做？"她挥挥手，打消了这个念头，"就当我没说。"

"你在想什么，萨莉？"我轻轻推了她一下。她有些局促不安。她张嘴想要说话，然后停下来紧握双手。"难以形容。"

"说吧。"我完全知道她在想什么，我自己也想过同样的事情。

萨莉盯着我："老实说，失去一个孩子是悲惨的。但是你知道我认为什么更糟吗？"

"比失去一个孩子更糟糕？"露丝插嘴道。

萨莉从手腕上扯下一根松紧带，把头发扎成马尾。"我想还有更糟的，"她开始说道，"你能想象你的孩子杀人吗？杀了某人的孩子，某人的母亲？"她环顾房间，"我是说，你会选择哪一个？你的孩子撞上一棵树，死于事故？还是你的孩子撞了别人的车，撞死了别人，自己却活了下来？"

她的眼睛睁得很大。她怎么能说出那些可怕得难以想象的话？"有那么糟吗？是我错了吗？老实说，我想不出比伤害别人更糟糕的事了。为另一个人的死亡负责？我永远也过不了这一关。"

我双手拍在大腿上，身体前倾。对于这个特别的"索菲的选择"，我一直非常清楚，但我从来没有说出口，从来没有对任何人说。"在我看来，我的选择毫无疑问。"

"你真的想过这个吗？"露丝问道，看起来十分沮丧。

"当然。如果他喝醉了或者吸毒了？他在开车呢？我宁愿死的那个是我的孩子。你怎么能容忍导致别人死亡这件事呢？如果这让我成为一个糟糕的母亲，那么我宁愿被烙上红字。"

更多的想法从我内心深处涌现出来。我被自己吓到了。我爱萨姆，但我不能为他的选择负责。我现在确定了，即使这意味着失去他，萨姆的毒瘾和由此产生的后果也需要直接由他负责——而不是高速公路上的另一个人。不是我。也不是别人。

突然间所有人都在说话，大坝已经决堤。

"我以为只有我一个人这样想。"

"我因为这样想而觉得羞愧。"

"我能告诉谁？我这样默默想了很多年。"

我们给这些可耻的想法起了个名字：可怕的母亲问题。那天晚饭时，这些问题反反复复地出现了。

"有错吗？"兰问，"偷偷希望你的孩子感恩节不要回家？因为你知道另一个假期也将毁于一旦？或者，你会因为她入狱而感到欣慰？有时候知道她被关起来了，我会睡得更好。"兰略带讽刺地继续说道。

"治疗寄宿学校给我带来一种安宁，这种安宁是萨姆上学以来从未有过的。那会让我成为一个糟糕的母亲吗？我已经忍无可忍了。毒品交易商呢？"房间里安静下来，我接着说，"因为一个毒品交易商的母亲带来另一个可怕的母亲问题，我无法摆脱意识所牵引的负罪感。如果我的孩子是出售过量毒品的毒品交易商呢？如果莫利、奥施康定、夸鲁德使得一场旅行通向急诊室，或直接通向太平间呢？如果致命的那一剂是我的孩子出售的，我是说，间接出售的呢？如果是这样的话，我是共犯吗？"

我的生活被一个又一个与毒品相关的危机打乱了。当我不再为那个搭乘疯狂列车的儿子悲伤时，我只是非常生气。生他的气。对毒瘾感到愤怒。对它出现在我们的生活中感到愤怒。一遍又一遍。

帕特告诉我，该生气时就生气。面对可怕的母亲问题，在一段时间里沉浸在痛苦中，如果有必要这样做的话。"把自己交给它吧，"她说，"这种痛苦是真实的，但不要让它占据上风。"她提醒我。

那个"书友会"之夜后，几年来在我们家中进进出出的六个年轻人已经死了。两起车祸。一人自杀。三人饮用过量的鸡尾酒。

我恍然大悟。我记得第一次见面那晚，我们在"爱孩子是否应该放手？"的问题上苦苦纠结。第一步说，我们对毒瘾无能为力。我们读了一遍又一遍。记不清何时，在"书友会"之夜，在和我一样无能为力的女人中间，我明白了。

终于，我投降了。通过放弃，我找到了我的力量。

第二十一章　表演时间

等待是一种折磨。

我们十四个人在尴尬的沉默中孤独地坐着。多年来，我们一起编织我们的生活，为婴儿洗礼、为婚姻干杯、为父母哀悼，无数次共进生日晚餐。现在，一个问号悬在空中：如何进行干预？

"太出乎意料了。"我的母亲可能会说，如果她在我们中间的话。但是我没有邀请她和我的父亲。我告诉马厄，从南卡罗来纳州到弗吉尼亚州的旅程太远了。但事实更复杂。我仍然对萨姆吸毒这件事感到羞耻，不忍让我的父母面对这个现实。他们管理着一个井然有序的家庭，抚养了两个品行端正的孩子。我为自己不能做同样的事深感惭愧。我也不鼓励夏洛特赶来，她在大学的第一个学期刚刚开始，不能一开学就缺课。

"我仍然觉得我应该去。答应我，你会打电话给我的，妈妈。"她承认我说得没错。

我们在大厅里听到了低沉的声音。办公室的门"嘎吱"一声打开。我看着别处，为欺骗自己的孩子感到内疚。我提醒自己，我们把萨姆带到这里是为了救他的命，即使我们有点言过其实了。

萨姆飞快地扫视了一下房间，估量了一下形势，然后发出一声叹息。能够从那些愿意帮助他与劫持他年轻生命的贪得无厌的野兽搏斗的人那里得到支持，他是否松了一口气？也许他准备投降了。

萨姆的连帽运动衫和宽松的卡其裤已经一个月没洗了。他英俊的脸上长满了胡茬，黑色的头发乱蓬蓬的。他看起来像是朝着一个方向前进的人：下坡路。他昏昏欲睡，像是刚从一场毒品狂欢中走出来。他把手伸进口袋里拿手机，也许试图召唤一辆汽车帮助他从这里逃走。

他本可以径直走出门去，让我们气得发疯。但是我们灌输给他的尊重他人的观念仍然影响着他，让他选择留了下来。萨姆知道他不能逃跑，尤其当他的祖父也在房间里的时候。祖父太爱他了。至少，他会给我们一个诉说的机会。

马厄指着最前面的空椅子。"很高兴你能来这里，萨姆，"他开始说道，"许多人今天来到这里，他们的爱和支持围绕着你，他们不想失去你。你们都经历了很多。我们希望你能够敞开心扉，倾听我们的心声。这就是今天所有人的要求，萨姆，听起来怎么样？"

萨姆点点头："随便，无所谓。"他跌坐在椅子上，低头看着自己的鞋带。

所有爱瘾君子的人都听过这句老话："他必须先坠入谷底，然后才会接受帮助。"但是马厄拒绝了这种过于简单的观点。"对于许多瘾君子来说，谷底意味着死亡。不要让你爱的人当着你的面把车开到悬崖上，然后再出手干预。"他也不相信最后通牒，"只要瘾君子不寻求治疗，你就不会放手，"他指出，"你可以采取强硬的立场，而不需要划定强硬的界限。永远不要转身，你将永远爱那个人，但你不必爱他们的疾病。"

听见了吗？弗雷德，混蛋。

大卫·谢夫在他的《漂亮男孩》（*A Beauriful Boy*）一书中谈到了弗雷德："有时尼克不太好，我想删除所有的痕迹，这样我就不用再担心他了。我不必对他失望，也不必被他伤害，也不必责怪我自己。"这些年来，我自己也感受到了这些情绪。

马厄向斯图尔特点点头，示意他开始。他拉开夹克，从内口袋里拿出一张折好的纸。

"儿子，我很担心你……"

天哪，我火了，为什么斯图尔特叫他儿子的时候我会这么生气？听起来就像艾森豪威尔时代的人那样没有人情味。他叫过夏洛特女儿吗！我叫过他糟糕透顶的前夫吗？儿子到底是谁！他的名字叫萨姆，我想把他嘘下去。但是，我试图专注地听他讲话。废话，废话，废话，废话……我抓住了最后一句话："所以我们希望你能接受帮助。"

我是下一个。我收起讽刺，集中精力敞开心扉，打开我小心翼翼地塞在大衣口袋里的信。我手心冒汗，双手颤抖，开始摸索我的老花镜，设法让它在我的鼻梁上保持平衡。

"萨姆，今天爱围绕在你身旁。"我开始了。我将纸放在膝盖上，因为手抖得太厉害了，我没法让它静止不动。

"然而，我很担心你的未来。你真正的天赋被你每天的挣扎埋没了。当毒品控制你的生活时，我感到愤怒和厌恶。我担心你最终会回到监狱，或者更糟，我担心我们都会为失去另一个有前途的年轻人而哀悼。对你的父亲、妹妹和我来说，那将是无法忍受的悲痛。毫不夸张地说，你的毒瘾让我感到身体不适。最近，为了保护我的健康，我不得不与你——我的儿子——保持距离。因为你的毒瘾，我错过了和你建立我想要的关系的机会。生活可以给你提供惊人的机会，但是你必须能够清醒地识别它们。我祈祷你会愿意花时间治疗，这样就可以恢复身心健康。对我们所有人来说，内省具有挑战性，也是痛苦的，但是这项工作可以带给你意想不到的礼物。"

萨姆具有非凡的与狗狗交流的能力，也有很准的枪法。他能从五百码① 外射下树上的一颗橡子。我可以想象他训练狗，指导打飞碟或狩猎探险的样子。也许案头工作不在考虑之列，但这些天赋中的任意一项都会让他有所成就。他一定能找到什么感兴趣的事情——毒瘾之外的东西。

萨姆低垂着头，没有看我。如果他抬起头来，我不确定我能否处理好。他是被感动得说不出话来，还是关上了心门，只是希望结束这场磨难？不管怎样，我的任务完成了，我浅吸一口气，害怕打破房间里的"咒语"。

接下来的一个小时里，我们聆听了他的祖父、姨妈玛莎和朋友迈克尔的讲话。结束时，沉默像夏日热浪一样笼罩在房间里。轮到萨姆了。

① 一码约为 0.91 米。

沉默。

"萨姆，你对今天听到的这些话有什么看法？"

沉默。

"你能看到这个房间里有多少人在支持你吗？"

萨姆在座位上不安地扭动了一下，抬起头好像要说话，然后又低下头，一声不吭。

"你愿意听到更多人的心声吗？"

沉默。

当我们的朋友特德进来时，我很感激。"萨姆，拉尼尔和我认识你的时间比你了解自己的时间还长。我们很害怕。我知道你前途无量——只要你能伸手求助。倾听我们的话语。我们是为了我们认识和爱的萨姆来到这里的。为了那个驾驶卡丁车在砾石路上飞驰的勇敢的萨姆，那个在密西西比河河口钓到最大的鱼的萨姆，那个有未来的萨姆。我们知道他依然在某个地方。"

"老兄，"迈克尔在听完特德的话后接着说道，"我们一起经历了很多，你和我。"迈克尔和萨姆一样大，一路上也在挣扎。他们能够理解彼此。"老兄，这一点都不酷。我们已经失去了一些朋友。我不想让你成为下一个。"

当期待变成真爱和关心时，我感觉到了转变。我们不再是马厄忠实的替补队员了。我们的朋友们真心投入其中，一起努力强化这个信息。他们追溯萨姆的过去。他们笑谈他的幽默，恶作剧的天赋，以及不可思议的摆脱困境的能力。

最后，他的祖父开口了。他的声音带着我以前从未听到过的悲伤。"我爱你，伙计。"他说，"我所能做的就是支持你。我希望我们能够回到山里去打飞碟。我想和你一起去遛狗、钓鱼。你一直是我的伙伴，我想念我们在一起的时光。"

萨姆目不转睛地盯着地板，一言不发。

马厄插嘴道："外面有辆车在等你，萨姆。我们请求你接受帮助。你不能独自打败这个恶魔。我们都认为，住院治疗是你现在能做出的最正确的决定。你将有三十到九十天的时间专注于自身。我们在宾夕法尼亚州找到了一个项目。他们已经为你做好了准备。你不必一个人去，萨姆。戴夫在这里，他会确保你安全到达那里。"他指了指出现在门口的缉毒署特工，"他会帮助你安顿好的。"

每年，全国各地都有家庭牺牲他们的财务安全，为自己的房子申请第二次抵押贷款，向家庭成员借钱，向退休基金借钱，将吸毒成瘾的家人送到治疗寄宿学校，或是送去参加荒野项目，并为各种价格昂贵的康复设施买单。三十天住院治疗的费用从二万到五万美元不等。大多数情况下，第一次住院治疗不会是最后一次。

萨姆坐在那里咬着运动衫的袖口，扯着鞋带，显然很不舒服。但是他仍然坐在那里。他没走。我等着看接下来会发生什么。

"你觉得怎么样，萨姆？"马厄追问道，语气非常温和。

萨姆把双手插在口袋里，仍然专注地看着鞋子。他说："我不知道你们在想什么，但是我不会去任何地方待上三十天。我是说，我会喜欢……我会试两个星期。但我不会做出承诺。"

更多的沉默。

马厄有足够的经验，他按兵不动。他需要的不仅仅是半心半意的让步。他也不会首先认输。

没人敢喘口气。

我们都等待着。

突然，萨姆的情绪变了。他从椅子上站起来，好像忘记了一个重要的商务会议。"不，没关系，"他仍然看着地毯，厌恶地摇着头，"我没时间听这些废话。我要走了。"

他向门口走去，体重二百多磅的缉毒署特工不慌不忙地拦住了他的去路。"我们一起出去谈谈吧。"他轻声说道，迎着萨姆躲避的目光，轻轻地把他引向门口。马厄跟在他们后面，向房内众人举起右手掌，示意我们原地不动。

我们疲惫不堪地瘫坐在椅子上，留心地看着彼此。一句话也没说。我们的情感攻势没有任何成效？难以想象。我们听到外面在谈钥匙的事情，他们拿走了他的车钥匙。

"妈的，伙计。"萨姆的咆哮盖过了马厄低沉的声音。他今天不能开车去任何地方。

我们等待着。我那英俊、有魅力、疯狂的小男孩在生活和毒品之间摇摆不定。不管此时外面发生了什么，都将决定魔鬼能否获胜。

十五分钟后，门开了，马厄走了进来。我们满怀期待地在他的脸上寻找线索。

"他走了。"他终于开口说道。

一丝带着遗憾的宽慰之情压倒了我。他已经走了？我甚至没有机会跟他说再见吗？

"虽然不是很情愿，但是他去那里了，这才是最重要的。戴夫会带他去的。他不是第一次处理这种情况，放心，他能处理萨姆制造的任何麻烦。"马厄补充道。

我环顾房间，看着那些流露出震惊的脸庞。我们感谢所有人。他们站起身，拿好外套、公文包和手提包，准备回归他们的生活。特德会回到他在市区的办公室。拉尼尔计划去见一个客户。迈克尔不得不回到餐厅去上晚班。马厄还有一场咨询，我想回家给夏洛特打电话。萨姆的祖父是唯一一个坐着不动的人，看上去有些不知所措。

当人们走过来和我们握手并拥抱告别时，斯图尔特和我并肩站在一起，就好像我们刚刚举办了一场盛大的早午餐宴。

"保持联系，琳达，"斯图尔特的妹妹说，然后伸出手来，揉揉我的胳膊，"拿到他的地址之后告诉我，我会给他写信的。"她肯定会的。

我们聚在一起，掏心掏肺，进行深入的探究，这一切都是为了萨姆。

现在，他能做出让步吗？为了他自己？

第二十二章　后门廊毕业典礼

　　我们盘腿围坐在西莉斯特家的咖啡桌旁，将筷子伸向寿司盘。这时茜茜拿起了烤箱手套。谈话主题变成了失望，我们不敢提及的破灭的梦想。"说教，教导，强化，"她说，"但最后你还是在对牛弹琴。然后有一天，拨云见日，他们会让你大吃一惊。消息传来，你的努力得到了回报。这就是育儿薪水。"

　　在"书友会"，育儿薪水少得可怜。年轻人的人生里程碑完全被毒瘾所占据。毕业、暑期实习、宣教旅行和大学室友像一幕幕精彩的电影展现在你面前，但遗憾的是它们遥不可及。

　　"内特的高中毕业典礼？"茜茜开口说道，"我们在后门廊举行了仪式，六把餐椅排成两排。是的，学校同色绉纸横幅，音乐选的是从 iTunes 下载的《盛况》（*Pomp and Circumstancce*）。他的爸爸在商店的办公用品区买了一张空白证书，赶在最后一刻做出了毕业证书。我不得不承认，很有品味。"

　　茜茜的儿子内特被同一所寄宿学校开除了两次。第一次，他被抓到吸食大麻。六个月后，学校重新接纳了他。然后，就在高三期末考试前几天，他和两个朋友买了一"行李箱"啤酒——那可是三十打。当内特笨拙又好战地蹒跚着回到宿舍时，宿管大妈仍然在等他。凌晨一点，学校打电话来：接他回家。茜茜和丈夫在半夜开了两个小时的车，祈祷他们能在天亮前回家，这样十年级的女儿埃拉就不会在醒来时发现房子里没人了。

"他们用联邦快递寄来了试卷，所以他得到了文凭。但是他无法和班上其他同学一起参加毕业典礼，没有帽子和长袍。毕业幻想？你等了十八年希望看到的那个？不，我们没有。听起来有些自私，但是，是的，我们觉得被骗了。当然，我从来没有承认过。"

茜茜认为内特已经从第一次被开除中得到了教训。但是他已经开始偷偷摸摸地喝酒了。他在后院的小屋后面喝啤酒，从他祖父的酒柜里偷了一瓶波旁威士忌，然后目光呆滞地出现在复活节晚宴上。一天早上，一位邻居在早上九点打来电话，"我发现他昏倒在巷子里的一堆树叶中。"他告诉茜茜。邻居的儿子死于过量吸毒，因此他声音中的担忧令人心碎。中午，内特下楼吃早餐时，她注意到他背后毛衣上粘着一片枯叶。如果不是因为邻居，她可能永远也不知道这片树叶所代表的意义。

"你要把一个十八岁的孩子送到哪里去？"茜茜问道。"贝蒂福特？"我的兄弟咆哮道，"他需要去黑兹尔登。"他自己的孩子在上中学，但是突然间，他成了权威。我觉得自己顿时矮了一大截，被人评判了。但是一位顾问说：

"省省你的钱。他会反对九十天计划的。"然而，你不能只是站在那里紧紧地绞着手指。

一天晚上，当茜茜的朋友路易丝送女儿去和埃拉共进晚餐时，她找到了帮助。路易丝是圣公会牧师，刚刚主持完一场婚礼。她戴着牧师领，喝着葡萄酒，和茜茜一起站在厨房的柜台前。内特摇摇晃晃地走进门，他显然喝醉了。茜茜吓坏了。

"我带你参观过这里吗？"她突然问路易丝，想找个借口，"来看看已经完工的地下室！"她在楼下咬紧牙关低声说道，"我到底该怎么办？叫警察来抓他？"路易斯在纸上潦草地写下一个电话号码。"镇上有个地方。打电话给他们。找芭芭拉。"

芭芭拉是一名药物滥用顾问，她给了内特一个风险评估测试。"内特，"她解释道，"有些人无法控制咖啡因，有些人离不开糖。有些人呢，内特？他们的身体无法抵抗酒精。这不是道德上的失败或缺乏意志力，这只是你的化学反应。每个人都不一样。"

"没有评判，"兰插话道，"那是个新奇的想法。测试结果怎么样？"

"惊喜，绝对的惊喜。第二周，芭芭拉发现他极有可能酗酒。与芭芭拉告别之后，他知道需要如何管理自己的未来。但真正的可取之处是：当内特在高三搞砸的时候，我知道该给谁打电话。第二周，我们逼着他参加了一个门诊方案。他很叛逆，觉得他不属于那里。你知道那个顾问对他说了什么吗？她说：'内特，你可能没有酗酒的问题，但是酒精确实给你造成了一些问题。'我们准备好了。"茜茜说，"这让一切都变得不同了。"

"说得好，"西莉斯特补充道，"不管他只是喜欢派对还是一个真正的酒鬼，如果他不论是走起路来还是说起话来都像是一只鸭子，后果都是一样的。"

"哇，你的联系人还真厉害。"苏珊娜笑着说。

"有什么好笑的？"兰听起来有些恼火。萨莉正在失去控制，茜茜也在崩溃。"对不起，但我想起了一次晚餐聚会。"萨莉说着瞥了一眼茜茜，她现在已经笑得弯下了腰。"一位年轻的母亲从亚特兰大搬到城里，我的朋友阿黛尔为她举办了一场通信录聚会。"

"通信录聚会？亚特兰大人还搞这一套吗？"我问道，戳了戳酱油里的芥末酱。

"每个人都带着电话号码和新来的人分享。你知道他们最喜欢的装潢师吗？宴会承办商？室内设计师？还有人带来了仿真画画家的联系方式，那位伟大的改衣服的女士，哦！还有那个牵着小马去参加生日派对的农夫，对吗？"

"好主意，"露丝说，"我记得那种生活。当时我认为这些是我唯一需要的电话号码。"

"我说得对吗？"萨莉看着我们，期待得到认可，"所以茜茜和我开始写下我们在快速拨号键上的所有人。你知道的，儿童精神科医生、刑事辩护律师、婚姻顾问、离婚律师……"

茜茜插话道："……法务会计师、保释人员、拖车司机和……"现在她笑得上气不接下气，还流出了眼泪，"……

宠物火葬场。但是我们划掉了最后一个，只留下了与幸福家庭有关的东西。"

"我打赌你们会大受欢迎。扫兴姐妹组？"西莉斯特从厨房拿来一大盘核桃仁巧克力饼时，这样回击道。

"我愿意为了那份名单做任何事，"我插嘴道，"真的，省时。"

内特没能和他的班级一起毕业的时候，茜茜可能已经傻了眼，但是那时，每当我拨通一个专家的电话，就能得到更多证明萨姆已经偏离正常轨道的确凿证据。在我们的文化中，有一张默认的孩子成长时间表：五六岁上幼儿园，十八岁上大学，二十岁左右结婚。但是对于"书友会"的妈妈们来说，所有的时间都错乱了。

帕特说："比较是将你打倒在地的激流。现实并不总是让你屈服，让你屈服的是未能实现的期望。我们执着于为家人创造的幻想。"她称之为文化制约，"我们从小就相信生活应该是某种样子的。所以，如果你家几代人都大学毕业，而你的孩子却辍学了，那就是你没有实现的期望。它会让你抬不起头。另一方面，如果你在简陋的街道上长大，能够度过二十二岁生日而没有被枪击、逮捕或吸毒过量，你就已经很幸运了。完全不同的期望。能活下来真是个奇迹。"

我花了很多年努力想让萨姆走上正轨。当他无法与同龄人同时进步时，我想知道其他父母是否注意到了。我努力撑住场面。"快看，四年级后面就是五年级！想象一下。"但是过了一会儿，我厌倦了苦苦支撑巨大幻想的感觉。我被一种令人毛骨悚然的感觉控制，觉得有可怕的事情要发生。我只是不知道那是什么。负担越来越重。最后，幻想轰然倒地。血液又回到我的双臂。坚定地站在属于我自己的真理中的感觉真好。

"你必须挑战那些幻想。找出那些令你焦虑不安的期望。你不能控制结果，"帕特温和地说，"活在当下。在美好的事物中找到优雅。不要透过比较来观察世界。"尽管如此，我仍然希望有一天我能与人分享一些值得骄傲的消息。听到这话，帕特平静地点点头："保持这种可能性。"

"要来点布朗尼？"西莉斯特提议道。

后门廊毕业典礼代表着放弃幻想。几年前我曾审视过自己的幻想。这种联系深深打动了我。我拿了一块布朗尼，抓起烤箱手套。

"嘿，我有一个问题。我们花了多少精力试图让自己看起来很正常？"

"如果这是一份有报酬的工作，我现在都可以住在法国里维埃拉的游艇上了。"露丝开玩笑说。

我向每个人挥动双手，说："猜猜当我们真诚地努力做到……实话实说，会怎样。"

"我们现在需要在什么方面实话实说？"西莉斯特在厨房里喊道。

"我们的朋友不拆穿我们，因为他们也希望我们能够看起来一切正常。这就像每个人都会维持社会秩序，保持事物的平衡。"

"怎么做呢？"露丝边说边打量着她的布朗尼。

"好吧，有一年我买了最可爱、最粗壮、最香的迷你圣诞树。你知道发生了什么吗？"

"什么？"西莉斯特坐下时，三个人异口同声地问道。

"一切都失控了，就是这样。"

在我的朋友中，一棵能够顶到天花板的真树是圣诞幻想的中心。离婚后，通常我需要一个人竖起并放下超大的道格拉斯冷杉。此后，我就向这种假日幻想发出了挑战，觉得这就是胡说八道。

"今年我们选一棵迷你圣诞树怎么样？"夏洛特上中学的时候，我问她。"一样很漂亮，只是更简单，对吗？"夏洛特答应会考虑一下。但是，当她向朋友莉齐提起这个提议时，我的电话就响了。

"琳达，你想清楚了吗？"莉齐的母亲，我的朋友拉尼尔问道，声音里带着惊慌，"一棵迷你圣诞树？真的吗？这对孩子真的公平吗？在她经历了这么多之后？"

"这不是粉红色的铝制品，"我结结巴巴地说，"这是一棵活生生的树，它会像你的树一样，将松针掉在我的地板上。只是小一点而已。"尽管如此，这依然引起了这位母亲的一丝疑虑。

在下一次会面中，我向帕特提到了"树门事件"是如何在我周围发酵的。帕特对我的说法感到迷惑，然后慢慢地说道："那么，一棵迷你圣诞树意味着你不爱你的孩子了，是吗？"她试图板起脸，"莉齐的大树就意味着她的妈妈更爱她？那是幻想，琳达，你没发现吗？"

我想是的。我只是需要有人支持我的信念。帕特的办公室是最舒适的地方。当你甩掉保持幻想的负担时，这就是一种解放。

"'树门事件'是怎么结束的？"西莉斯特问道。

"瞧，圣诞节照样过，"我惊叹道，"我想我的孩子没有受到情感创伤。

"有时候我们只是需要放松一下。"西莉斯特点点头，拿起寿司外卖餐盒，夸张地把它们扔进垃圾桶。

第二十三章　B计划

"他走了。"我在电话里告诉夏洛特。现在，萨姆应该已经在费城的卡隆治疗中心安顿下来了，那是一家顶级戒毒机构。

"我想去那里看看，妈妈。他在那里怎么样？"

"他大部分时间都抱着头，盯着地板。不过，我觉得他能听见我们的声音。周末家庭聚会的时候，你就能在那里见到他了。到那个时候，他一定能想得更清楚。我明天给你订机票。"

电话呼入的提示音响起。是马厄。

"夏洛特，亲爱的，我得接个电话。是负责干预的人打来的，一定是有关萨姆的消息。我明天再给你打电话。"

已经快晚上十点了，我飞快地接通了马厄的电话。

"琳达，我们遇到了一点困难……"他的声音听起来有点紧张。

我们什么时候没遇到过困难？我很想尖叫。萨姆和困难根本就捆绑在一起。有什么好惊讶的？精神错乱的定义是什么？再次提醒我？哦，是的，一遍又一遍地做同样的事情，期待能够得到不同的结果。

"萨姆试图在吃饭时抽烟。"

"抽烟？你在开玩笑吗，马厄？这难道不是我们最不应该担心的事情吗？"

马厄疲惫不堪地叹了口气。"他们有禁烟政策。斯图尔特选择那里的时候，我向他解释过。他说吸烟是令人讨厌的习惯，这条规定很好。不管怎样，萨姆根本不理会这条规定。如果不让他抽烟，他就走。不准抽烟，就不进行康复治疗。他的态度十分坚决，琳达。"

"那他现在在哪儿？"

"前一个小时我一直在和斯图尔特通电话，我们已经在犹他州的普洛佛给他订了位置。环谷小屋。那地方很棒——一点儿也不输卡隆，只是不太方便。萨姆同意在那里接受三十天的治疗。飞机今晚十点二十分起飞，我在缉毒局的朋友向我保证，在他扣上安全带，飞机离开登机口之前，他不会离开萨姆半步。"

马厄与斯图尔特历经重重困难，在环谷小屋为萨姆找到一张床位，并且预订了机票。我想象着喷气式飞机在空中翱翔，身后喷出一条由粉碎了的百元钞票组成的水汽尾迹，就像大炮射出的五彩纸屑。在我们俩分摊了七千美元的干预费用之后，斯图尔特又购买了两张去费城的机票、一张去盐湖城的合价机票，交给卡隆的押金一分也没能拿回来，而且还要预付环谷小屋的住宿费用。我知道这对他来说并不容易。不管我们之间曾经发生过什么，在我看来，此刻他就是一个摇滚明星。

到现在为止，缉毒局特工已经开始加班了，他的费用也在增长。不论花了多少钱，一个为期三十天的项目对萨姆来说都不痛不痒。马厄告诉我们，他至少需要六十到九十天才能克服日益严重的毒瘾问题。不过，即使这位全国知名的干预专家不说，我们也知道萨姆的毒瘾很重。

"看来这是目前最好的办法了。见鬼，整个计划可能会彻底失败。马厄？"

"为什么呢？"他期待地说道。

"你觉得呢？"我结结巴巴地说道。今晚，他肩上的担子已然很重了，我在犹豫要不要再增加一些。"他能够理解我们的想法吗？我充满了希望，可是我真不知道该相信些什么了。"

他叹了口气。电话那头传来关抽屉的声音。

"无论如何，"我赶紧说，"真是太感谢你了。"

——

环谷小屋有一段有趣的历史。在被改造成康复中心之前，这里的主楼曾是奥斯蒙德家族的录音室。圆顶天花板上铺着黑色的吸音板，诉说着这间巨大的房间的过去。在奥斯蒙德家族的全盛时期，唐尼、玛丽和他们的六个兄弟姐妹的铁杆粉丝常常会来这里。

普通房间每月三万美元。位于山上的主楼的豪华客房每月五万美元，其中包括额外的安保计划，用以保护名流、对冲基金经理和其他真正有钱的人的隐私。

周末家庭聚会的时候，我和斯图尔特在盐湖城机场见到了夏洛特，然后租了一辆车去距离并不远的普洛佛。在酒店放下行李之后，我们就开车去探望萨姆，我们看起来又像是一家人了。在接下来的五天里，我们将剥开层层外衣，露出那些未曾适当清洗和包扎的伤口。治愈过程的关键是集体和盘托出秘密的环节——集体忏悔，即与陌生人一起进行的精神训练。我宁愿给斯图尔特洗脚。给所有人洗脚。

我们穿过环谷小屋主入口的双开门，停下来跺跺脚，抖掉靴子上的雪。他就在那里。萨姆穿着法兰绒格子衬衫和卡哈特工装裤，看起来就像一位真正的登山运动员。他的脸色又恢复了正常。见到我们，他喜出望外，笑得合不拢嘴。作为一位主人，他迫不及待地想把我们介绍给他的新朋友。从一个中年妇女到一个他称之为哈奇的十七岁少年，他从一个人走向另一个人，谈论着他的归属感，在一群很棒的新朋友中间，在经验丰富的顾问的指导下，保持干净和安全的感觉有多好。

"伙计，这是你的父母吗？"一个名叫瑞安的留着胡子的"登山队友"朝我们这边看了看，然后举起手掌与萨姆击掌，似乎是为了祝贺他非凡的选择能力。他先握住了夏洛特的手，使劲晃了晃。

"你就是他一直在谈论的妹妹，夏洛特，对吗？"

康复治疗是人生最大的均衡器之一。那个周末我们遇到了各种类型的人。一个有刺青、穿孔的孩子坐在穿着昂贵的平底鞋和克什米尔羊绒衫的金发母亲身旁。他的父亲是洛杉矶的一位音乐制作人。他显然缺席了孩子的生活。

又一个破碎的家庭。一个渴望被毫不称职的父亲听到、看到并且认可的儿子。

即使每月账单上的数字惊人，环谷小屋的客户依然来自各个经济阶层。一对夫妇刚从爱达荷州的奶牛场过来，他们看起来吓坏了。他们在黑色铬合金折叠椅上坐下时，我在脑海中想象他们家的客厅。扶手上绑着装饰衬垫的沙发，橡木茶几，放在显眼处的《圣经》。一个头发蓬乱、疲惫不堪的女孩静静地坐在他们身旁。

瑞安解释说，他负责我们三家以及一个来自纽约的律师家庭。这位律师的夫人是一个我不太了解的非营利组织的执行董事。为了能够赶到这里度周末，她将会议时间缩短了一天。

他示意我们将椅子围成一圈，然后开始介绍规则：

仅以名字相互称呼。

小组讨论时不要谈论工作或职业。

告诉我们你为什么来这里，你希望在这个周末得到怎样的收获。

瑞安从生物学的角度对毒瘾和酒瘾进行了分析，引导我们开始讨论："没有人能够找到激活吸毒或酗酒行为的特定基因或开关。但它确实存在，就藏在某个地方。我们都很清楚。"

"如果你问一个瘾君子，你的问题出在哪儿？答案是永远别碰酒精和毒品。这就是他们用来解决潜在问题的方法。缘于羞耻和自我怀疑的痛苦早已使他们感到麻木。"

想到萨姆早年在学校不断加深的毒瘾和酒瘾，我就不寒而栗。"导致上瘾的问题既有生理上的，也有情感上的。"
在请我们提问之前，瑞安说道。

　　斯图尔特聚精会神地听着，若有所思。没有翻白眼，
没有坐立不安，没有预示他即将离席的弹簧式的肢体语
言。他完全听进去了。经过多年的斗争、否认与充满分
歧的博弈之后，斯图尔特带着开放的心态来到了环谷小
屋。我能感受到乌云正在散去，我们站在温暖的阳光下，
读着同一页书。他十分努力。我还记得当初自己为什么
会爱上他。

　　整个小组开始了信任博弈。我其实不用仰面倒下，落
入奶农张开的双臂。他大概原本也不打算完全接住一百多
磅重的我，但是他做到了，他用平静的力量支撑住了我。
能够身处一个安全的集体，我感到很幸运。我们不再是陌
生人。我们都在司一条救生筏上。

　　　　　　　　　　——

　　每晚的小组活动结束后，我们都会开车回酒店，夏洛
特和我住在一起。斯图尔特就在隔壁。从很多方面来说，
我们仍然像一个家庭。

　　十九岁的夏洛特是那个周末最年轻的访客，我很担心
她会看到不该看到的东西。轮到她发言时，她直视着我和
斯图尔特。"你们让事情变得简单了。他也不傻。他在假
扮你。"她的声音在颤抖，但是她停顿了一下，放慢了语
速。"只需要聊一聊，"她轻声说道，"互相交谈。你们
是否离婚并不重要，为了他请一定要这样做。"她接着讲

述了萨姆的病对她造成的情感影响。整个屋子的人都受到了震动。

我一直担心夏洛特会在这次周末家庭聚会的过程中接触到一连串令人不安的事。在她发言的时候，我看到了一个我以前不认识的年轻女性。我默默地流下了骄傲的泪水，因为她变成了一个充满深情、富有表现力的人。我突然意识到，这次聚会正是夏洛特所需要的平台，一个可以让她找到自己的声音并且响亮发声的地方——她的声音一直传到了奥斯蒙德铺着消音面板的天花板。

"兄弟姐妹会受到不公平的待遇，"瑞安说完便停了下来，好让这一点深入人心，"他们在混乱中成长。他们的父母被瘾君子的问题困扰着。兄弟姐妹不惜一切代价避免冲突。他们不敢捣乱。如果他们得不到心理咨询师的帮助，他们将会用余生来拯救失去的灵魂。"每个家庭在讲述他们自己的故事时，我发现我们的情况不会比他们更糟。但是毫无疑问，也好不到哪里去。

康复治疗的老模式是三十天的治疗时间——谢天谢地！总算结束了。但是疗程结束前一周，瑞安发来消息说萨姆打算再待三十天。我很高兴能够多解脱一个月。但是，如果家里有一个瘾君子，没有哪个父母能够过得心安理得。大卫·谢夫在《漂亮男孩》中写道："恢复就是寻找灵魂中的空洞。"

二十天后，瑞安打电话告诉了我一个坏消息，他说："除了手铐，我们什么都试过了。我们恳请他至少搬去中

途之家①。" •

我想萨姆已经厌倦了审视自己灵魂的空洞。

"该知道的我都知道了。"他告诉瑞安，然后走到高速公路上，搭便车回到了科罗拉多州。

瑞安显得很沮丧："萨姆很有潜力，但是他不愿意建立可以帮助他渡过难关的支持网。这种情况我见过很多次，一旦开始下地走路，孩子就会环顾四周，并且说：'我再也不需要这些鬼东西了。'"

萨姆就是这种人。他有许许多多的朋友，庞大的支持系统。可是一到紧要关头，他就会退缩，并试图单打独斗。

"请转告夏洛特，我为她感到骄傲，"瑞安继续说道，"我希望她能够坚持住。不管萨姆发生了什么，她都是支持他康复的另一个基石。告诉她，这一次的努力没有白费。"

萨姆在环谷小屋学会了服从，但是他并没有投降。根植于服从的清醒不会持久。服从的背后藏着瘾君子的念头，即有一天，他们终将能够再次吸食毒品，并且找到控制它的方法。瘾君子大脑中的化学物质一次又一次引领他走上这条不归路。

另一方面，投降意味着瘾君子接受了自己无法控制毒瘾这个事实。他们无力控制它，因此，他们放弃了他们所能拥有的幻想。由于认识到管理上瘾行为是一个需要获得

---

① 又称"重返社会训练所"，是美国对假释犯在假释前进行适应社会训练的过渡性专门机构。接收从监狱释放的犯人，为他们提供必要的食宿条件，确定每个受训人需要改造的问题，帮助制订解决这些问题的计划，并提供工作人员协助解决上述问题，使犯人尽快适应社会，回归社会，成为一个守法的公民。

团队支持的长期过程，瘾君子只有在缴械投降之后才能开始有助于真正康复的积极努力。

挂断电话，我的心开始为萨姆泣血。也许他认为自己能够掌控一切，但实际上，生杀大权还是握在毒瘾手中。暂时清醒的大脑诱使他认为自己不再需要谨慎的康复计划。他已经离开安全网，让自己再次陷入危险之中。

我想象着他站在高速公路上，等待一辆挂着拖车的卡车靠边停下，让他搭车。他在科罗拉多州没有工作，没有心理咨询，没有集体治疗，也没有人为他提供资金支持。萨姆在环谷小屋所取得的进步很快就会瓦解。我该怎么跟夏洛特说呢？她正在参加第一轮考试。我怎么能假装对他的前景感到乐观呢？

心烦意乱，我只确定一件事：萨姆的未来可能会倒退。我也如此。

第二十四章　偷走圣诞节的鲨鱼

在南方的城市，人们经常在交谈时提起精神病院的名字，就像谈论周日晚餐时的甜茶那般自然。"主啊，发发慈悲吧！"我的祖母会用指甲修剪得十分完美的手指指着我的祖父，"你要是再讲那个老掉牙的故事，我就会被送去公牛街。"

哥伦比亚本地人会告诉你，公牛街是南卡罗来纳州精神病院的简称——疯狂列车的最后一站。"公牛街，没错。"我的姑姑们会意地点点头，用教堂小册子给自己扇风，脚踝交叉，放在门廊的摇椅下。"她说得没错，布利（我爷爷在足球队的昵称），你要是不闭嘴，我们都会被送进那里。这个故事我们已经听过一千遍了。"

公牛街上的那家精神病院现在成了一处历史遗迹，哥伦比亚当地人精神崩溃的时候会去韦贝尔·布赖恩精神病院。我的表弟莱斯利住在格林维尔的乡下，他可能会向马歇尔·皮肯斯求助。新奥尔良人会去橡树河。

在里士满，精神崩溃时人们会去塔克之家。

圣诞前夜，吃完午饭后不久，我就进了塔克之家。

——

"巴克斯顿博士给我们打过电话了，"接待员皱起眉头，她递给我一张表，"填一下这个，全都要填：姓名、地址、保险公司、出生日期、直系亲属、来这里的原因、用药情况。"她依然在翻阅桌子上的文件，没有抬头。

我给帕特留下一条绝望的信息。第二天早上，当我一瘸一拐地走进她的办公室时，她在门口迎接我："我们希望你能考虑在塔克之家观察几天。好好休息一下，琳达。"

她牵起我的手，将我带回外面的停车场。卡米尔开着她的凯雷德来接我。她停下车，踩着四英寸高的高跟鞋，小跑着来到副驾驶位。将我领到前排座位时，她那件喜马拉雅羔羊毛坎肩挠得我的胳膊直发痒。由于要在四十九分钟后参加家庭午宴，卡米尔忙得不可开交。她为我系好安全带，好像我是一个脆弱的孩子。她迅速回到驾驶座，探过身来拍拍我的脸颊。"你做得很对。"说完，她一踩油门，快速驶过詹姆斯河大桥。

拉尼尔和阿梅莉亚站在旋转门前，把我从车里拉出来，"砰"的一声关上车门。随后，卡米尔飞驰而去。她们架着我，缓慢地走向入口。我们就像三只蹲在栅栏上的小鸟。她们将我护在中间，引导我完成那个该死的表上所有的乏味问题。随后，我们抱在一起。她们不情愿地把我交给了护士拉契特。当她将我带到拐角处时，我已看不见朋友们的身影了。

一旦进入了精神病院——即使你是自愿的——除非获得医生的允许，否则你就不能出院。我不知道自己什么时候能够回家。拉契特带我到四楼，我们走过一个狭窄的大厅，穿过一扇又一扇门。当我身后的门一扇扇地关上时，我不知道它们是否还会再次打开。

穿过最后一扇门，就能看见房间的正中央是一个护士站，周围是一大片公共区域。我将包递给接诊护士，她像机场安检那样将我的包翻了个遍。

就算病人在住进塔克之家时还没有感到沮丧或焦虑，这里的装潢保证很快就能让他们进入这样的状态。椅子和沙发空无一人，就像法国餐馆丢弃的塌了的蛋奶酥那样松垂凹陷。角落里孤零零地立着一棵垂头丧气的人造圣诞树。

我带了四件衬衫、一双袜子、九条内裤、三条羊毛围巾和一些瑜伽裤。没带文胸。我甚至没想到化妆品和隐形眼镜。不过我带了牙线，我每天都要用。塞在侧口袋里的是罗伯特在一个情人节送给我的粉色毛绒兔子。一些芳香疗法洗手液以及克诺德尔博士关于惊恐障碍的书。我的包看起来就像是一个心不在焉的三年级学生整理的。

护士看着塞在包里的那团插着两根棒针的毛线球，说道："我们会把这些存放在这里，集体活动的时候你可以取出来。"说着，她朝一个金属储物柜指了指。他们对棒针不放心，我也没有精力去抗议。

我走进一间空房，祈祷不要有室友。我没有力气摆出一副"共渡难关"的表情。住进塔克之家的人还能和谁共渡难关？上帝没有听见我的祈祷，因为一名躺在轮床上的妇女被送了进来。她刚刚接受了电休克疗法。护士扶她上床时，她朝我热情地微笑。她温柔的表情让我感到安慰。

还是说那是带电的大脑发出的指令？不管怎样，我们是两只受伤的鸟，我们将一起分享我们的疗伤巢。

——

我周密的圣诞计划里并没有塔克之家。中年再婚之后，我和罗伯特尽可能地融合两个家庭。最终，我们在乡下安顿下来，打算在 24 日晚上招待十五个人。我决心在这个还不太像家的新房子里为家人和朋友营造一个有趣的节日。

夏洛特会从大学回来。萨姆从科罗拉多州打来电话，他听起来很乐观。他向我保证他现在工作顺利，但是他没法回弗吉尼亚州度假。我不敢问他这次的"工作"是什么。

离开环谷小屋之后，萨姆一直对自己的下一步行动小心翼翼。从家庭项目汲取的教训已经深深印在我的脑海里：萨姆的人生由他自己负责。唠唠叨叨、啰啰唆唆、无微不至的关照或是令人窒息的管教都无法让这个年轻人戒除毒瘾。如果我坚持呢？我自己就是问题的一部分。

——

我刚刚花了两天时间参加花园俱乐部一年一度的绿植研讨会，收集松枝、木兰叶和黄杨木碎片——任何能用花线编织到框架上的东西——来设计我们的花环、花冠和花球。

我们二十二个人都在创意区拧花线、绑植物的时候，房间里充满了叽叽喳喳的谈话声：从火腿饼干到孙子孙女，从主日学校的选美比赛到放假回家的大学生们。谁会来吃饭？谁家会烤火鸡？谁订了里脊肉？早在圣诞广告铺天盖地袭来之前，南方女性——可能还有北方女性——就已经聚在一起制作圣诞饰品，分享节日八卦了。

我看了一眼日历，感觉自己比那群物欲横流、精神空虚的人优越一点，那些人正在把这个季节变得越来越商业化。瑟斯博士的《圣诞怪杰》（*The Grinch Stole Christmas*）里的一段话说到我心坎儿里了。几周来，我一直心不在焉地重复着这段话："没有丝带。没有标签。没有包裹、盒子或袋子。他困惑了又困惑，直到困惑得感到痛苦。随后，格林奇想到了他以前没有想过的事情。他想，如果圣诞礼物不是商店里的商品会如何？如果圣诞节能更有意义会如何？"

我为真正的传统感到高兴，我的日程充满了欢乐。通常，我知道什么时候该退出社交圈，深呼吸，然后在冬日小睡一会儿。这是几个月来，我们第一次没有生活在与毒品相关的危机中。摆脱束缚之后，我沉浸在一场庆祝活动中，对我来说，这种活动就像是一颗超大的红色酸甜水果糖。这是我应得的。

是的，这个圣诞节应该属于友谊、教堂颂歌、烹饪以及用冬青树枝装饰的客厅。我会去拜访我们以前的管家梅布尔，与她分享最近关于我孩子们的好消息。在我们最黑暗的日子里，她曾帮助我渡过难关。我欣喜若狂。至少我是这么认为的。

但事实上，我是电影《大白鲨》（*Jaws*）中划着一只充气筏出海的游客，丝毫没有意识到潜伏在水面之下的大白鲨。圣诞节前几天，当我在包装礼物时，根本不知道自己会像散落在周围的彩色纸片、透明胶带和绿色丝带一样被人从地板上扫起来，塞进垃圾袋。

电话铃声响起的时候，我正坐在家里熊熊燃烧的炉火前，剪开一张长长的包装纸，周围满是丝带、标签和袋子。

"喂。"

沉默。

惠特尼·休斯顿的歌曲《你听到我听到的了吗？》(*Do You Hear What I Hear?*) 在天花板上的扬声器中回荡。然后我听到了"咔嗒"声。暂停。

"你有一通来自（暂停）'萨姆'的对方付费电话。"电话里传来了我儿子的声音，"亚当斯县惩教所的一名囚犯"。

我以前听过这个地方。这引发了巴甫洛夫式的焦虑。

"接听来自（暂停）'萨姆'的电话，"合成女声继续说道，"请按 1。不接听，请挂断。根据科罗拉多州刑法第 442869570 条，无论你说什么，都将……费用是每分钟一美元。"

我拿开腿上的包装纸，挣扎着站起来，两腿因为长时间盘膝而坐而有些发僵。我匆匆走进厨房，从钱包里掏出信用卡，输入我的卡号。又是一阵停顿，随后电话接通了！

"嗨，妈妈。"

"亲爱的！"我说，准备再听同样的老故事。

"是这样的，"他开始用一连串的借口和解释来掩盖真相。这一次，我没有感到沮丧。相反，我的大脑一片空白。

进监狱。出狱。一切又回到了最初。

多年来，这种模式一直让我在失望、愤怒、同情和恐惧之间徘徊。但是那天，我只是觉得筋疲力尽。没有任何感觉。我的情感凹槽已经空了。我已经没有什么可以给他的了。

"他们给我安排了一名公设辩护人，"他继续说道，"这家伙知道这都是假的。他看过我的案子。我不能说太久，妈妈，我只是想说，我爱你。"

我脑海里联想到萨姆令人发指的违法情节。监狱里的一夜常常会引发一连串的监禁。到现在为止，他可能至少被关过十几次。有时两个星期，有时八个月。同样，这个消息实际上带来了一种反常的平静感。我知道他在哪里。我稍微得到安抚，但还是犹如僵尸。

"我也爱你。"我回答，不知道还能说什么。我挂了电话，扫掉周围的圣诞装饰碎片，我知道，事实上，我们的假期会和它们一起被扫起来扔掉。

我该如何告诉我的父母？再次？

我哥哥会怎么说？再次？

当我儿子穿着橙色区服坐在监狱里时，我怎么能招待圣诞夜的客人呢？再次？

时机还能更糟糕吗？

当我的儿子又一次被人发现背负着魔鬼时，我假装一切都是平静的，一切都是光明的，尽管我的 DNA 里没有平静这个元素。其他女人是不是比我更坚强？或者她们也害怕显得脆弱？她们是不是像《钢木兰花》（*Steel Magnolias*）里的女主一样，她们小心隐藏那些见不得人的秘密，拖着长长的调子说："圣诞快乐！假期后让我们聚一聚！"

我再也忍不住了。我想挥舞白旗投降，心里尖叫着："我投降！我要休假了。如果有人需要我，我会在房间里吃冷冻快餐。但是请不要有人需要我！因为，我可能要到1月才能活动。"

——

罗伯特在费城工作。那天晚上，我独自一人在家，恐惧像毯子一样紧紧地包裹着我，让我睡不着觉。我想像更年期潮热中踢被子一样把它踢掉，但是没有用。第二天下午，我沿着固定的路线开车回家时，恐惧与担忧、困惑、愤怒、孤独、悲伤交织在一起，如洪水猛兽般入侵我的灵魂，以至于我紧握着方向盘的指关节泛起了清晰的白色。

恐惧控制了我。

然后是哭泣。

圣母啊，我他妈的到底怎么了？我母亲的话在我脑海中回荡。"琳达，说话带脏字有失优雅。"通常，我会同意她的意见。"我现在才不管什么优雅！"我大声说。我希望我的儿子能够康复。我想要快乐和光明，在天堂般的宁静中睡觉。我想创造快乐的笑容，就像我妈妈为我做的那样。

　　我需要紧急帮助，但是为了什么？我不知道到底出了什么问题，或者我是否能告诉任何人。

　　几年前我在父母家经历的恐慌再度袭来。凯特是罗伯特的表妹，也是我的好朋友，住在我回家的路上。我把车开出主干道，开上她家的砾石车道，祈祷她会在那里。我按了门铃，苦思是否应该在这个繁忙的时间打扰她。毕竟这是一年中最忙碌的一周。但她似乎是暴风雨中我唯一的港湾。我相信她能理解我所不能理解的。

　　凯特碰巧是一名医护人员。我是在寻求治疗建议吗？这是某种疾病吗？我祈祷这只不过是一时的不平衡。后来我知道我又一次全面恐慌发作了。但当时，感觉像充血性心力衰竭或中风。

　　凯特开门时看了我一眼，知道我不是来参加社交活动的。泪水顺着我的脸颊流下，但我无法用语言来解释。她搂着我的腰，用一个会意的拥抱紧紧抱住我，并把我带到她舒适的房间。我暂时是安全的。就是这样。

　　但是我仍然很害怕。谈论恐惧的想法就像火上浇油。她给了我一杯茶和一个消磨夜晚的地方。我坐立不安，不敢留下来，但又害怕离开。我的皮肤在颤动。

　　凯特耐心地坐着，等着恐慌平息到足以让我开口说话。然后，她聆听我的倾诉，但是没有做出评判，从来没有暗示她有其他事情要做。有些人生来就具有种种美德。

　　一个小时后，我鼓足勇气回家，她的平静让我更加坚强。好好睡一觉会好的，不是吗？我不能告诉任何人。我无法用言语表达对凯特的感谢。我只能努力向前。我慢慢地崩溃了，但是又不敢承认。我也不会告诉罗伯特。如果我分心了，也许它会消失。

我在脑子里玩打地鼠的游戏。每当我击退一个疯狂的想法，另一个就会抬起它丑陋的头，邪恶地咧着嘴笑。恐慌让我意识麻痹，无法清醒地思考。我应该踢皮球，把十五个人的晚宴转移到我的姻亲家，让自己放松一下吗？当然。为什么不点一篮子鸡翅、几个比萨饼和一个三十六英寸的三明治呢？我不能放弃度假的本能。但在我尝试抓住它之前，它就像一个善变的朋友一样抛弃了我。

第二十五章　每个女人的幻想

　　如果每每有一个女人羡慕我关在塔克之家度过圣诞节，我能挣五美分镍币的话，我可就一下暴富了。不用准备教师礼物，也不用装饰、购物、包装和烹饪，这想法本身就很诱人。当一日三餐放在金属托盘上送到你嘴边时，塔克之家听起来像是每个女人的幻想。

　　所以在那里，我梦想成真了。

　　打开行李，我环顾四周，不知道如何或在哪里安顿下来。我像一只受伤的小羊羔，浑身瘫软无力，蜷缩在床上，背对着陌生人，拉起薄毛毯。我无法集中足够的注意力来阅读我的书。我的大脑短路了，我是来做维修和保养的。多年的瑜伽教会我如何平静内心的混乱。我密切注意自己的呼吸，试图理清思绪。我不必再摆出一副快乐的表情，我感到如释重负。我交出了钥匙，让别人来开一会儿车。

　　高墙之外，生活还在继续。十五个人的晚餐转移到我公公家。在平安夜的礼拜仪式上，唱诗班唱着颂歌，而我们家的长椅空着。夏洛特搬进了她爸爸的房子里。圣诞节早上，罗伯特独自醒来。那一年，他的儿子和他们的母亲在一起。

24 号，当我从四楼的窗户往外看的时候，我看到医院的工作人员把树叶扫成一堆，塞进袋子里，然后扔到敞篷卡车的后面。从我的角度来看，厚厚的玻璃似乎把世界简单地分成了两类：外面，一切如常；里面，暂时疯狂。

我认为我很幸运。如果我能恢复内心的平衡，我会在一瞬间回到我的世界。和我的室友一样，我在塔克之家的大多数病友都患有比我严重得多的长期精神疾病。

第一天下午，当一名男性社会工作者停下来进行评估时，我想：他应该明白我和其他人不一样，那些人实际上是生病了。我只是在休息，只是暂时离开我的生活轨道。当然，穿着得体的社会工作者会"理解"这一点，我就像一个走得太快的速度计，需要重新校准！

一整天都有护士托着医疗托盘出现，一名护士根据病人的护理日程表点名。每服一剂药，她就会扫描我的手环码，然后是药瓶。他们叫我怎么做我就照做，因为我是一个遵循规则的人。我服用了一种管制药物，按照医生的指示，应该严格遵守服药时间，但是我疏忽了。我已经完全停止服用抗抑郁药物，并且在服用控制惊恐障碍的抗惊厥药物克诺平时变得粗心大意。我的精神科医生巴克斯顿博士——帕特的丈夫——一周前第一次开了这个处方。我会跳过一天或是在晚上吃药，因为我早上忘记吃药了。停服克诺平会引起剧烈头痛和飘浮、虚无的感觉。显然，我的大脑被扰乱了。很明显，这是我的错。为了让我的药物治疗回到正轨，住进塔克之家是必须的。

第一天晚饭前，我们有两个小时的空闲时间，所以我要回了我的棒针和毛线球。护士打开我的储物柜，把它们递给我，提醒我必须待在公共区域。医院规定："你不能把棒针带回你的房间。"我再次服从了，因为我是一个守规矩的人。

饭菜预先装在自助餐托盘上，放在一个带轮子的橱柜里。病人聚集在我旁边的一张长桌旁，工作人员分发托盘。我没有胃口，这是我身体不适的一个明显迹象，但我还是小心翼翼地坐下来，意识到任何事情——茫然的凝视或咿呀学语的笑声——都会引发更多的焦虑。

我没有和旁人聊天，因为我没有精力关注别人的问题。除了我们的问题，我们还能谈什么？我不是为了建立终生的友谊来这里的。我不知该如何开始一段对话。"什么风把你吹到塔克之家来了？"我不太在乎自己的外表。午睡后被压扁的头发、浴袍和运动裤在这里十分盛行，很明显其他人也不在意。我是来康复的。这就够了。

晚饭后，所有能够走动的人都被要求进行分组讨论。我慢吞吞地走进休息室，就像高中食堂里的小团体一样，长期病人和他们的朋友坐在一起，像我这样的新手占据了剩下的座位。我们说出了自己的名字，分享了一两个我们自己的故事。"嗨，我是琳达。"我停了一下，试图寻找合适的词，然后简单地说出了自己的病因，"焦虑。"

我玩了单词联想游戏，看了解释精神疾病的短片，如双向情感障碍、精神分裂症、边缘型人格障碍和躁狂抑郁症。有时，这些活动甚至会加剧我的焦虑。渐渐地，我开始意识到这是一生的挣扎，尽管我的诊断没有其他人那么严重，但我的状态会一直持续下去。

夜晚和白天一样，有着严格的日程安排。我带了自己的枕头，它给我家的舒适感觉。我睡在破旧的毯子下，穿着睡袍和袜子，它们的重量可以让我躺在床上。我紧闭双眼，努力不去想任何事情。门外出口标志的红光反射进来。四楼喧喧嚷嚷：监视器的哔哔声，手推车车轮滚动的声音，护士讲话声跟白天一样大。

甚至凌晨时分也激起了一股活动的暗流。不安的病人在大厅里踱来踱去，向夜班护士施压，"什么时候轮到我下一次体检？"我听到一个低沉的回答，然后是绝望的声音，"有没有什么方法可以早一点？"

第一天晚上，我几乎没睡。

第二天早上，我醒得很早，小鸟们还在睡觉。阳光透过装有塑料小百叶窗的平板玻璃窗，我开始了充满希望的一天。一大早，我洗了个澡，用刷子刷了一下头发，为巴克斯顿博士——我的巴克斯顿博士——的到达提前做好准备。我想看起来完全不像那种属于塔克之家的人。

我一直盯着门口。那是圣诞节，他不太可能随叫随到。尽管如此，我仍然充满希望。和巴克斯顿博士在一起我总是感到安全。那时，我只想看到他富有同情心的脸。

如果你从未看过精神科医生，情况是这样的：你的就诊时间是十五分钟，也许是二十分钟。你不是去那里拜访，倾吐或接受咨询。你是来开处方的，是为了向医生证明自从上次见面以来，你没有不洗澡，也没有惹是生非。他的工作不是让病人"倾吐"或谈论过去和三年级时出了什么问题。

巴克斯顿博士的工作就是问这些问题：

"你紧张吗？昏昏欲睡？焦虑？

"这些情况是如何以及何时发生的？

"什么外部因素影响你的想法？"

对我来说，这些问题包括：

"萨姆怎么样了？他在哪里？他还在吸毒吗？"

每个人的人生都有起伏。我试着给出正确的线索，以换取恢复平衡的处方。

"精神疾病"这个短语是一把相当大的伞。我不认为自己有精神疾病，但是疾病的定义就是思想、情绪或行为的损伤。你的思想、感情和行动都会受到影响。我的诊断并没有止于"广泛性焦虑症"。我也经历了"预期焦虑症"。我很担心再次变得焦虑。焦虑会像洪水一样泛滥，就像一百辆车同时开向一个十字路口，没有人知道谁有通行权。

巴克斯顿博士看起来不像精神科医生。他看起来像一个足球教练，或者一个平易近人的电影明星，或者一个你可能想与之结婚的人。过去几年我一直在接受他的治疗，我们建立了融洽的关系。他的妻子是帕特。巴克斯顿夫妇一起救了我的命。当她听我说话的时候，他在写剧本，轻轻地引导我走出黑暗。他们一起组成了一个完美的治疗团队。

对许多人来说，圣诞节是一个平常的日子，没什么值得庆祝的。我有生以来第一次成为其中一员。我真的不在乎今天是不是圣诞节，我释怀了，我彻彻底底地遵从自己的内心。既然无法做到面面俱到，我索性什么也不做。

另一个医生在圣诞节晚些时候出现了。他不是我的医生，不是穿着闪亮盔甲的骑士。他走进来，扫视了一眼写字板，然后透过眼镜看着我。

"巴克斯顿博士今天必须和他的家人在一起吗？"我问道。

"他明天会继续查房，"医生说，更专注于在病历夹上书写，"这要由他来评估。"

我想听"你们都好了，你现在可以回家了"。我想和我的狗——金妮一起蜷缩在我的羽绒被下，在家里康复。但是他什么也没说，就像一个在黑色星期五工作得太晚的疲惫不堪的百货商店售货员。我熬过了又一个晚上，出口的灯光照在我的脸上，我感觉不到安慰，因为我的许多室友明天或后天都不会回家。

当巴克斯顿博士终于在第二天早上到来时，我们退到一个小角落里谈话。我们坐在那个该死的出口标志下的两个板条箱椅子上，他问了过去七十二小时的情况。

我睡着了吗？

这药有效吗？

用 1~10 分评分，我的焦虑程度如何？

他告诫我要戒掉克诺平，永远不要随意吃药。我答应了。我们约定那周晚些时候再见面。我争取到了出院。

在我生命中最漫长的两天半之后，罗伯特来接我。我们在护士站见面，取回我的包。他的表情像坐在产科病房候诊室里的男人那般无助。

"我会带着你的。无论你想做什么，我们就去做。"他说。

护士把棒针交给我，证明我已经出院。不锈钢门一扇接一扇地打开，为我们开路，我们像迎接新的一天一样迎接自由。

回家意味着需要更多地练习放手。

"晚餐吃什么？"我问道，对食物并不感到兴奋。我不记得冰箱里有什么，我也不在乎。无论如何，我不想烧饭。很快，罗伯特也察觉到了。

我仍然情绪不高。

罗伯特小心翼翼地走着，等待我的暗示，我低落的情绪让他不知所措。如果我是腿受伤，从医院回来还打着石膏，我亲爱的丈夫会高兴地抖松枕头，把所有东西都放在我伸手可及的地方。至少有过那么一两次。但这次很难，他不知道如何帮忙，而我是个糟糕的委托人。

夏洛特在门口迎接我们，给了我一个试探性的拥抱，好像我是一件我母亲每年圣诞节送给她的玻璃天使装饰品，任何时候，我都可能碎成一百万个闪闪发光的碎片。如果我毁了她的圣诞节，她不会泄露出去。她显得如释重负，脸上夹杂着一丝恐惧。她已经长大了，可以表现出关心，但是她太年轻了，无法理解我去过的地方和送我去那里的原因。

圣诞节意味着一棵新砍的松树、松枝花环、菲力牛排、座位牌、红薯饼干和奶油布丁。创造快乐记忆的责任就落在我肩上，该死。我决心让所有人都开心，即使这会杀了我。相反，我住进了医院，所以我认为自己很幸运。

后来我才知道，我身体的反应主要是休克，是一种自我保护，甚至是自我修复。索雷尔·金在《乔茜的故事》（*Josie's Story*）中写道："休克是一种难以置信的麻醉剂。它可以阻止大脑向心脏和灵魂发送有害信息。这是一种保护我们免受极度痛苦的机制。面对极度的恐惧、痛苦或悲伤，身体会释放内啡肽，防止身体被压垮，并缓解大脑的痛楚。随着时间的推移，内啡肽水平下降，大脑将事件转变为视角。"只是后来我才把我在塔克之家的日子放在这样一个逻辑参照系中来思考。

我们安静地度过了接下来的一周，就好像我刚刚从流感中恢复过来。夏洛特不时从她的房间里拿出羽绒被，铺到金妮和我对面的另一张沙发上。她会看电影，金妮和我会假装跟着看。

苏珊寄来一张明信片，我把"书友会"送来的兰花放在了前厅的桌子上。"希腊合唱团"的一名成员给我写了一封感人的信。

夏洛特去学校的时候，我正努力吹干头发，还涂了点口红。她可以看出我正在慢慢康复。

"看到了吗？我知道你最终会好起来的。你只需要跟我一起待会儿。"她说。

在宁静的 1 月，我裹在被子里，像茧一样。帕特告诉我，拥抱自我，活在当下，好好疗伤，对自己仁慈和温柔，这很重要。也许我的崩溃与萨姆进监狱无关，我现在已经有点习惯了。或许是新房子，或许是十五个人来吃晚饭，或许只是克诺平。谁知道呢?

但我在塔克之家的圣诞节算是一个假期，只是这一次，我没有陷入节日的忙碌之中。这是给我自己的礼物。

第二十六章 幽灵恶霸

　　"书友会"的姐妹们小心翼翼地将我哄回了这个世界。过来吃沙拉。一起去散散步吧。我和罗伯特与热心的朋友们共进晚餐，他们就像对待其他住院病人一样，坦然地询问我需要什么，并没有因为我住进了塔克之家而表现得有所不同。其他人则假装没注意到。怎么可以责怪他们呢？在这段死气沉沉又令人感到些许恐惧的日子里，生活犹如电影里的慢镜头。

　　帕特提到了愤怒。最初我表示反对。我怎么可能感到愤怒？但是，职业梦想破灭，夏洛特天真的焦虑、恐惧、反抗与无助全都开始沸腾，而我不得不忍受这一切。我心痛、愤怒、厌恶，十分生气。我知道愤怒解决不了任何问题，但是它所造成的伤害激怒了我。我泪流满面，怒不可遏，想找点东西狠狠揍上一顿，好像这样做会有所帮助。泪水多少能够起到一些净化的作用，冲刷干净了灵魂深处一个隐秘的角落。

　　在接下来的几个月里，进入塔克之家之前日日夜夜笼罩在我周围的那种不明确的恐惧变得越来越模糊，但一缕盘旋的灰雾状若幽灵，无故嘲弄着我。它用湿乎乎的手指顺着我的脊柱慢慢往下滑，激起我一身的鸡皮疙瘩，让我睡不安稳，让我只能绝望地小口呼吸，它麻痹着我的感官，决心把我打倒。

每周，我都会装出一副勇敢的模样去见巴克斯顿博士。我需要重新规划我的人生路线，这样我就不会对自己感到陌生了。"这需要时间，"他解释道，"药物的使用一定要谨慎，严格按照处方服药。帕特那里还是得去。"

从痛苦的焦虑到全面发作的恐慌，我的思绪陷入了最坏的情景之中：我想知道巴克斯顿博士有没有对我坦诚？要是我已经无可救药的话会怎么样？要是他不忍心告诉我现在我的严重程度呢？

我迫不及待地想要按照原定计划康复，把这一切都抛在脑后。我决定对巴克斯顿博士言听计从，做个听话的病人，让他感到骄傲。然而，要熬到每一天结束，依然需要巨大的精力和勇气。

那年春天，我开始从事设计工作，希望能在忙碌中摆脱幽灵恶霸。但是，我仍然无法集中注意力。我会不止一次忘记与客户的预约。我会把满满一拖车的植物留在烈日下炙烤，导致它们因缺水而枯死。

除了职业道德，这个幽灵恶霸还劫走了我平凡的快乐。黑暗的电影院曾经令人感到欣慰，但现在却显得又大又空，充满威胁。按摩师的手一碰到我的身体，我就会往后退缩，这种接触成了一种无法忍受的侵犯。练习瑜伽时，当工作室的大门关上，室温上升到38.9℃的时候，我就会开始恐慌。

这个一言不发的幽灵恶霸究竟是什么？它怎么知道怎样能够触动我的神经？

——

我们的新家离城镇有二十分钟的车程。我独自一人住在乡下。不用见客户或是朋友的时候，夏日很长，而冬夜似乎没有尽头。

感谢上帝，能让金妮陪在我身边。我最喜欢的蔬菜摊老板谢普饲养着一只查尔斯王猎犬，金妮就来自他那里。那天，我一边从篮子里挑选西红柿，一边试探性地问他下一窝小狗什么时候出生。碰巧，谢普的儿子查理正打算为一只三岁的母狗"红宝石"寻找一个新家。

谢普的推销很有说服力。"她是一个漂亮的小姑娘，哈彻太太。她很可爱，已经训练好了，而且从未见过陌生人。"成交。

我第一眼就爱上了这只小可爱。她肉桂色的皮毛和一双好奇的眼睛融化了我的心。不过，就像《窈窕淑女》（My Fair Lady）中的奥黛丽·赫本一样，她需要一个合适的发型。我带她去剪了毛，并且做了足部护理。在兽医匆匆打量了她一眼之后，我们就把她带回了家。

邻居的迷你杜宾犬泰森第一个来访。他全速冲过山坡，开始狂吠，仿佛宣示这里是他的领地。起初，金妮显得礼貌又冷静，但是后来，她也渐渐喜欢上了他。她喜欢四处探索，不过她也知道要远远绕开邻居的马，在我开始担心之前匆匆跑回家。

我从未和狗一起睡过，直到遇见金妮。从小到大，我们从来不允许狗踏进厨房，更不用说爬到家具上，或者……上帝保佑，床上了。现在，我能够在鼾声的交响乐与鼻息的奏鸣曲中入眠了。

金妮帮助我撑过了罗伯特不在家并且夜幕早早降临的日子。她锲而不舍的陪伴治愈了我的伤口，并向我展示了无条件的爱能为人类的心灵带来什么。她没有心理咨询学学位或是心理咨询师证书。她唯一的执照是那个挂在粉色项圈上，由弗吉尼亚州古奇兰县颁发的金属狗牌。

大多数晚上，我们会在睡觉前半个小时坐在昏暗的地方沉思。金妮或是趴在我的腿上或是在我的臀部与扶手椅扶手之间的狭窄地带，和我最喜欢的披巾一道给我温暖。我会跟她说话，她则会用眼神做出无声的回应。生活特别不安定的时候，我会问她一切是否安好，眼泪顺着我的脸颊流下来，滴落在她身上。

生活在混乱的情绪中产生的重压总会留下伤疤。它们诉说着我们的经历，但却未必可以决定未来的方向。

——

一天，我在伊迪丝·戈德曼办公室对面的市场上买杂货时与一位店主聊了起来。我告诉他我稍稍懂一些鲜花的养护，并问他需不需要帮手。仿佛是为了证明我自己，我指了指一株此时恰好已经枯萎的非洲堇。等回过神来的时候，我已经在填写 W-2 表[①]，并试穿口袋上绣着"利比市场"的浅蓝色纽扣免烫衬衫了。我被录用了。

我记得作者菲莉丝·泰鲁曾幻想过在杂货店收银台工作时的场景，"想象一下自我膨胀的感觉。人们排队来看你。一整天都是"。

由于每周二、周四和周五早晨六点上班，我不得不早早地离开家，将金妮留在漆黑一片的房子里。我在收银处工作。看到常客们排着队与我打招呼，我觉得很开心。不数零钱的时候，我会补满餐巾纸盒中的纸巾，搅拌冰沙，熟练地使用浓缩咖啡机，带着职业咖啡师的自信制作一杯不加奶油的脱脂榛果拿铁。

在面包区上班的日子，我烤了数百块巧克力曲奇、澳洲坚果曲奇和燕麦饼干。我打扫地板。我出去扔垃圾。每隔一周，我就能自豪地领到薪水。虽然工资不高，但是我很努力地工作，我挣到了钱。

利比市场成了我的救星。对我来说，这里半是成人日托所，半是康复治疗点。店里有着各种各样的活动，在这里，幽灵恶霸根本无法靠近我。最初，它会在停车场等我，靠在我的车上，拨弄着雾状的钥匙链。

但是几个月过去了，幽灵恶霸只是偶尔回来提醒我，它仍然想发号施令。我们进入了紧张的停火状态。但是当我开始慢慢恢复社交活动之后，这个幽灵恶霸终于偷偷溜走，去寻找下一个目标了。"书友会"的伙伴们一如既往

---

① W-2 表是填表人从雇主处所获工资和所得税的声明。纳税人应该在每年的年初从每一个雇主那里收到一份 W-2，列出去年所得的收入。

地向我伸出了援手。西莉斯特偶尔会轻松地来我的收银台结账，除了一个洋葱，什么也没有买，每次都让我再次开怀大笑。

我依然在寻找更好的平衡。从甘菊茶到卡瓦酒①，从镁到褪黑素，我全都试过了。圣约翰草②的效果和时钟的嘀嗒声相差无几。我遵从巴克斯顿博士的建议，在服用处方药的时候一直十分小心。谢天谢地，我又回到了一切陷入混乱前的状态。为了避免幽灵恶霸再找上门，我晚上不再喝葡萄酒，并削减了冗长的待办事项清单。

几个月后，当我再次向经理申请重新安排我的轮班时间时，我不得不离开了。我怀着沉重的心情离开了市场，对这份工作和我的同事永远心存感激。但是妈妈的健康状况正在恶化，其他地方需要我。

---

① 一种麻醉性镇静饮料。

② 称之为天然的"百忧解"，是欧美国家用于抑制抑郁症的首选营养保健食品。

第二十七章　今日一切如常

　　洁净、时髦的场所因为平日里熙熙攘攘的顾客而充满了活力。萨姆下班后搭乘公共汽车，与我在第16街见面，这里是丹佛市著名的购物和餐饮区。他建议我们去餐馆，并发短信告诉我该怎么走。夏洛特和她的室友姬特逛完全食超市，放好买回来的食品和杂货之后也会赶过来。

　　具有讽刺意味的是，上一次他看起来如此有型还是在那个断了胳膊并因为扑热息痛而陷入迷糊的平安夜。今天，他穿了一件白色纽扣衬衫和一条工装裤，戴着一条浅蓝色花领带，整个人看起来很清爽。他有两三天没刮胡子了，看起来很帅气、很专业，而且第一次留了一个头发蓄至衣领的科罗拉多州商人发型。

　　我搂住他的脖子，紧紧抱住他。他在我的唇上印下一个熟悉的吻，只不过这一次，有一股淡淡的烟草味。从蹒跚学步的时候起，他就喜欢吻别人的嘴唇，在妈妈面前就更不会犹豫了。我爱他这一点。

　　他看起来与别人家中刚刚入职广告公司或网络公司的优雅少年并无不同。他太引人注目了。要是早些时候在第

16 街见到他，我一定会怔住的。后来来为我们点餐的金发女服务员似乎也注意到了这一点。我很惊讶，而且对他选择的餐馆很感兴趣。我们点了饮料，等待女孩们的到来。

我们四个人愉快地聊了一个半小时。萨姆天生风趣，声音抑扬顿挫，说的话也比以前正常多了。过去那种反应型个性不见了。我们的谈话冷静、沉着。他讲述了自己的故事，但也同样专注地倾听我们的故事，提出相关的问题。他显然很投入，与我们分享工作的细节和他逐渐爱上的那座城市令人印象深刻的信息。

长久以来，他一直深陷于自己的问题之中，但是今天，他融入了周围的世界，向他的妹妹们提供了一些商业线索，也很清楚镇上发生的事情，就像是一位年轻的专业人士。他对妹妹从弗吉尼亚州自驾过来的路线很感兴趣，仔细询问了所有细节。

过去十五年里，我从未想象过他能加入我们的感恩节聚餐，并且坐下来闲聊。他总是坐立不安，时不时便会站起来查看手机，显得心烦意乱。连帽衫、宽松的工装裤，以及明显呆滞的眼神曾是他的标配。

在路人眼中，今天他身上没有显示出任何曾与毒瘾斗争过的迹象，更不用说长期监禁了。萨姆今天看起来整洁、自信。

他必须在九点之前赶回中途之家。我们与女孩们道了晚安，然后向我租来的汽车走去。我的酒店就在附近，我可以顺路将他捎回去。乌云密布，夜幕降临。他即将离开中途之家，返程的路上，我们大多在谈论这件事。

他解释说，由于中途之家过于拥挤，非暴力罪犯的获释速度快得出人意料。作为母亲，我担心这个阶段对他来说结束得太快了。我希望监狱能让他慢下来，让他接受治疗和咨询。我担心一旦他掌控了自己的生活，也许他就不会主动寻找持续的关爱。

帕特的话突然涌上心头，让我再次平静下来。

"放手吧。他已经成年了，这是他的人生旅程，后果由他自己负责。"

我把车子停在他那幢煤渣砖房的门口。我们打算第二天晚上下班后再见面。这是第一次，我期待着我们的下一次见面。

第二十八章　田纳西州坎伯兰弗尼斯的顿悟时刻

　　玻璃候机大厅里只有我一个人。不过这种状态并没有持续太久。

　　当疲惫的旅行者穿过大门，踏入候机厅的时候，我挨个打量他们，想要找出可能与我搭乘同一辆班车的人。

　　三个女人鱼贯而入。她们将行李拉到一个安全区域，然后安静地坐下，彼此没有任何眼神的交流。她们的身上散发出一股沉重感，一种遏制感。

　　我坐在一个安静的角落，听到其中一人说了句"整整一周不能打电话"。找到了！接下来的六天里，我将和这三个人在一起，重塑生活的中心地位。

　　我不打算从纳什维尔机场出来之后直奔著名的大奥普里剧院，而是准备去田纳西州的坎伯兰弗尼斯市参加一个名为"现场工作室"的回归生活的项目。再过两个小时，我将有整整一周的时间无法使用手机和电脑。我既感到欣慰，又非常担心这种暂时放下责任与义务的生活。

　　我看见现场工作室的班车停在路边，预示我应该动身了。我收拾好行李，与那三个女人一起走向那辆面包车。

我把我的行李箱交给司机，走向后排，坐在一个高大英俊的男人和一个长着天使般脸庞的娇小女人之间。

寒暄过后，我拿出手机，紧张地查看短信和电子邮件。车子在起伏的乡间道路上行驶了一个小时，其间，我感受到了恐惧的重压。最后，班车沿着长长的车道嘎吱嘎吱地驶向一幢宏伟的维多利亚式的房子，由四只狗组成的欢迎委员会在门口迎接我们。我用汗津津的手指给丈夫发了一条短信，告诉他我已经安全到达，一周后会给他打电话。

——

"回归生活项目是现场工作室的核心计划。它旨在帮助你回归生活。生活事件、人际关系、精神创伤、你自己和你所爱的人的扭曲或强迫行为、抑郁、焦虑、相互依赖或日常生活的压力都会让你远离你所渴望的平静与平衡。该项目本质上是一个以教育和变革行动为补充的团体体验历程。项目第一天的重点是了解你自己的重要性，是什么阻止你成为你所能成为的人，如何避开审视自己，以及过去的所有经历对今天的你产生的影响。"

晚餐后，现场工作室的临床主任比尔·洛基向我们表示了欢迎："这一周属于你们。你们来这里是为了在团队环境中完成个人工作。这与测试结果无关。这一周，我们的领队会与你们分享一个更广阔的视角，为你们提供更多的工具帮助你们完成自己的工作。你们每个人的收获将迥然不同。我们是来陪你们一起将想法付诸实践的，因为一直以来，我们都在孤军奋战。你们中的一些人可能正在处理难以应付的生活问题，其他人则希望能够触碰到自己的内心。现场工作室不是一个以信仰为基础的项目，但是许多参加者都在寻找更高层次的精神境界。任何希望获得成长的人都可以加入进来。"

每一天，每一次冥想，每一场演讲，每一次小组会议，每一顿美味的饭菜，每一次精彩纷呈的晚间活动，都充满了顿悟的时刻。一些参与者说在现场工作室度过的六天相当于八到十二个月的治疗。很难将人们获得的启示量化，但我觉得他们的说法是正确的。

毫无疑问，在现场工作室度过的这六天让我破茧成蝶。自开幕之夜以来，我们这个四十人的小组已经取得了很大的进步。我们带着截然不同的故事而来，但是最终我们都意识到我们作为人类的基本需求：被倾听、被拥抱、被安慰、感到安全、被认可和被爱。

我和我的新朋友们都已经准备好回归各自的生活，自我将在我们心中重现。

第二十九章　伤痕累累的橙色灵魂

不断累积的心痛占据我们的身体，我们开始感到悲伤、愤怒、绝望。我的心痛犹如一个焦躁不安的辍学的大学生般四处游走，最后蜷缩在肋骨下的空洞中。你的心痛也许会引发皮疹与偏头痛，或是导致后背刺痛。身体代表着灵魂，我的灵魂正在大声呼喊，希望有人能够听见。

这种隐痛让脊骨神经科医生、骨科医生和胃肠病专家困惑不已。两次分层造影、两次内窥镜检查、一次核医学影像检查、一次胸椎 X 光检查和一次胃动力检测的结果都显示一切正常。然而，疼痛依然存在。我不禁想起了那个 C 打头的六个字母的词。这一定是因为我坚持自己的想法而受到的惩罚。

针灸有助于镇静安神，但是我的医生对此却并不满意。他和我一样渴望知道答案。在研究另一组检查结果时——依然完全正常——他一边用笔敲着 iPad，一边不停地思考，思考，思考……突然灵感乍现。

"你知道自己哪里疼吧？"

"我当然知道!"我像握手那样摊开手掌,然后向内翻转,用指尖按压平坦、坚硬的胸骨与柔软的胃部的连接处,"就是这儿,文胸和胸腔接触的地方。"朋友们说我现在经常会做这个奇怪的手势。搏动性疼痛敲打着我的身体,仿佛有什么东西被困在里面,拼命想要冲出去一般。

"我不是这个意思。"这位穿着白大褂的医学博士亲切地微笑道。

"那在哪儿?"

"那是你的腹腔神经丛。"腹腔神经丛位于腹腔,是第三脉轮的所在,是自身体中心释放出光芒的灯塔。第三脉轮是自尊的所在。它所传递的信息响亮而清晰——你拥有意志力,你有权选择。

我满怀期待地回头看着他,问道:"然后呢?"

我的医生非常精通西医,他摘下眼镜,用慈祥的目光看着我说:"琳达,那是你灵魂的位置。"

———

"你在干什么?"我的朋友罗宾对能量治疗很着迷。一次一起吃晚饭的时候,她注意到了我按压腹部的手势。

"哦,这个吗?我看过医生,但是没人知道。"我冲她摆摆手。

尽管如此,罗宾依然没有放弃。"那儿吗?"她指了指我感到疼痛的位置,表示理解,"那是你的第三脉轮,琳达。那是你的声音,你的力量,你的意志力。"

"什么力量?"我半开玩笑地说道。

"你有话要说，你需要有人听见你的声音，那是你痛苦的根源。你的身体正在大声说话，这让沉默的你觉得不舒服，迫使你在屋顶大声呼喊。"她说的都是事实，就像所有三年级学生都知道的那样。

我的灵魂正在大声呼喊，希望能够引起别人的关注。我一直在寻找的答案就在眼前。我记下罗宾存在手机里的电话号码。

"吉米，"她解释说，"她是一名直觉与按摩治疗师。她能明白的。她会知道的。"

一周后，我走进了吉米的办公室，一个直接取材于绘本《晚安，月亮》（*Goodnight Moon*）的舒适空间。当她出来迎接我的时候，我还以为她会提供牛奶、饼干和午睡垫。

"呜，小毛蚊，"她举起双手，好像在遮挡刺眼的光线，"我看到了橙色，"她将手掌放在我的胸腹部上方画圈，"正从那里钻出来。"她后退一步，一边上下打量我，一边对我进行评估，"炎症。我们得先消炎。谢天谢地，它还没有变红。不过现在这状态已经够糟糕的了。"

当她把干净的法兰绒床单铺在按摩台上的时候，我看清了她，火红的头发，洋溢着热情与权威。我认为她就是个天使。"如果变红了会怎样？"

"亲爱的，是这样的。黄色是轻度刺激。橙色意味着你正在崩溃。红色就要命了！"

吉米停下来，拍拍按摩台，让我躺下。我钻进床单和毛毯下面，她把垫枕舒适地塞到我的膝盖下面。

"我们身体周围都有一个能量场，"她继续轻声说道，"每当有未化解的情绪出现时，能量场会带上负电荷。从你的上腹部散发出的橙色光线是附着在你身上的情感碎片。我们必须在它变红之前将通道清理干净。"

吉米扫视了一圈天花板，仿佛在聆听线索。我们素昧平生，她对我一无所知。罗宾也没有向她提起过我。

"我听到了，与一个孩子有关。一个男孩？"她说，好像调到了一个电台一般，"我看到了浓浓的哀伤。这种情绪已经伴随你很久很久了，不是吗？"

泪水从我的颧骨滚落，流入耳中。吉米直视我伤痕累累的橙色灵魂。

"你的身体承受并记录着情感与身体上受到的伤害。有些人特别有同理心——他们能够感受到别人的痛苦，久久无法释怀。我们都有这种能力，问题在于我们是否选择接收对方所发出的信息。"

她解释道："灵魂的所在就像是一扇纱门，情感能量应该能够来去自由。这样，我们才能发现别人的痛苦并表现出同情，却不被痛苦所控制。别人的痛苦无法粘在我们身上，堵住我们自己的情感过滤器。那扇纱门可以放别人进来，但却将他们的行李留在了前廊。"

"看起来我似乎缺少了这扇纱门。"

"没错，亲爱的。而且你还在本该安装纱门的地方挂了一张捕蝇纸，铺了一块擦鞋垫。其他人的情绪垃圾蜂拥而至，然后堵在了这里。亲爱的，你被其他人的情绪垃圾压得喘不过气来。

"然后是你自己。我感受到了失望。我感受到了充满冲突的关系。"

第三十章　恩惠与绿点

　　大名鼎鼎的喜剧演员、《周六夜现场》（*Saturday Night Live*）的明星吉尔达·拉德纳在她的回忆录《总有一些事》（*It's Always Something*）中写道："以前，我总想要一个完美的结局。但是，经过一番艰辛之后，我明白了，总有一些诗不押韵，也总有一些故事没有明确的开头、过渡与结尾。"

　　天知道，此时此刻编织一个完美结局的诱惑有多大。我多么希望能够告诉你，萨姆已经完全康复，现在正过着充实、安分的生活。我已经完全实现了无麸质饮食①，坚持锻炼，每天凌晨五点醒来冥想。我和斯图尔特冰释前嫌。夏洛特几乎忘了那些不愉快的经历。事实上，我们的假期就像是一部亲情大片，一家人如同无名镇上的无名氏②那样，手牵着手，放声歌唱。

① 指完全不含麸质的食品，如不含麸质的面包、比萨、某些快餐食品等主食，主要用于治疗乳糜泻与麸质过敏患者，但也被一些明星及运动员当作减肥健身食品食用。

② 《霍顿与无名氏》（*Horton Hears A Who!*）中的人物与场景。

但是，我们都知道现实究竟如何。

丹佛餐厅的那顿晚餐之后，萨姆的生活确实步入了正轨。可是没过多久，他还是旧病复发了。他进出监狱的次数，就如同我妈妈进出医院一样频繁。

有一年的复活节，妈妈住进了格林维尔纪念医院的四楼，而爸爸则被送进了三楼的重症监护室。因为突发"心血管问题"，他一头栽倒在车道旁的人行道上，手里还攥着车钥匙。他摔断了一根脊椎骨，脑袋还砸在车门上，留下一块凹痕。

整个圣周①，我和哥哥一直在两个楼层间奔波，轮流照顾两人。我们将掰弯的吸管送进他们嘴里，拜见专家，替这对一起生活了五十七年的夫妻传递只有他们才懂的神秘信息。

妈妈被诊断为血管性痴呆后，爸爸成了她的首席护理协调员。现在，他躺在重症监护室的床上，因为无法陪在她身旁而痛苦不已。听到他渐渐好转的消息，妈妈也感到十分欣慰。她模模糊糊地知道现在发生的事情。至少这一点让人感到宽慰。"可是总有一天，她会变得糊里糊涂。"我的哥哥约翰温柔地提醒我，"这一天已经不远了，琳达。"

为了应对这种情况，我开始反复念诵自编的咒语：请让我在这种疯狂的状态里找到恩典与感激。我发现自己开始思考如何同时处理一堆该死的事情——你懂的。要是在同一周里，妈妈又被送进了急诊室，夏洛特又和男朋友分手了，而我又接到了监狱打来的预录电话，该怎么办？我

---

① 复活节前的一周。

的脑海中出现了几辆车飞速冲过四岔路口，撞作一团，金属碎片和玻璃碴落了一地的画面。

"尽你所能，琳达，"自我出生起，妈妈就一直这样教育我，"这是我们唯一的要求。"

我听到妈妈的这句话后，研究过，争论过，挑战过，反抗过，也做出过各种假设。但是直到帕特向我展示了应该如何活学活用，我才知道，事实上，妈妈的话是睿智的真理。

这个新的信念缓解了我的偏执。当我发现自己正在编织棉花糖般甜蜜而虚幻的故事时，我能够想象出帕特双手紧扣，仿佛刚刚抓住一只萤火虫的模样。"坚持这些想法。"她在我们第一次见面的时候给我提出了这样的建议。

我想象着海浪冲刷沙滩时的画面。当泡沫冲到它所能达到的最高处时便会停下来，然后折返，退回海中。海浪静止的那一刻，提醒我应该放松呼吸。

此外，不论有没有危机，草坪都需要修剪，密码都需要重置，化粪池都需要抽水，教堂委员会周五都会开会，我家花园里依然杂草丛生。引擎故障指示灯再次亮起。总有事情发生。永远都会有。

——

当萨姆在我心中造成的空洞开始疼痛的时候，我就会浏览他的脸书页面，偷窥他的世界。我发现，他和他的黑色拉布拉多犬莉莉会对着镜头微笑。穿着背心和飘逸裙子的女朋友在赤脚舞蹈，背后垂着一条长长的辫子。户外音乐会。在科罗拉多州的红石公园参加复活节礼拜。在每张照片中，他看起来都是那种一切尽在掌握之中的人。我经常鼓起勇气查看他是否在线，如果看到显示在线的绿点，我的心就会怦怦直跳。可是更多时候，它都处于灰色下线状态，我害怕这代表他又进了监狱。

三十岁的时候，萨姆终于明白毒品给他的生活带来了痛苦和惩罚。他比任何人都清楚这一点。一旦他下定决心洗心革面，就会去做他该做的事情，可在此之前，他不会这样做。

如果孩子的生活伤痕累累、扭曲变形，我怎么可能享受我的生活呢？这对他或是对我有什么好处？如果我花时间保持自己的身心健康，这是否意味着作为母亲，我放弃了自己的儿子？

我时不时就会与他失去联系，往往接连几个月他都杳无音信。感恩节又快到了，他很可能无法参加我们的家庭聚餐。我已经接受了这个事实。他也许永远也无法体会做一名父亲的快乐，或是享受工作带来的乐趣。这让我觉得痛苦，但是我也接受了。随着时间的推移，这些残酷的事实已经成为我们家庭生活不可分割的一部分。它就像是玻璃纤维毯，看起来柔软，但却会在最不经意的时候刺痛你、割伤你。

经历了这一切之后，萨姆坠入爱河，然后重回监狱。他的狗莉莉会在他的妹妹或者他的朋友家生活几周或是几个月。出狱之后，他接回莉莉，找到一份新的工作，然后分手。他又开始吸毒，被抓，送回监狱。循环往复。

"要想中止一种失败的行为模式，你就必须保持清醒。"帕特提醒我。我们都是人，金无足赤，人无完人。然而，我们都肩负着自我觉醒的任务。这个过程需要我们将自己一层层剥开进行剖析。

我们也许擅长物理学，但却抵挡不住芝士汉堡的诱惑。腼腆、温柔的性格让他在小学里赢得了许多五角星，但也掩盖了成年后的火爆脾气。然而，如果完全清醒，我们就能学会接纳真实的自己，而不仅仅是理想中的模样。

我们努力磨平自己的棱角。如果能够在承认失败的同时认可自己的价值，我们就真正接纳了自己，丝毫不会感到不适。我们就像《绒布小兔子》（*Velveteen Robbit*）里的兔子一样，开始变得真实起来。我们在真实的自我之中活着、爱着。

要是我能把这一切告诉萨姆该有多好。

————

其他人的生活仍在继续。现在，我不会一边为他们的快乐感到高兴，一边暗自与他们进行比较了。我会在婚宴上感到无比激动，我会为洗礼式而欣喜不已，我会给毕业生送去礼物，我也会在葬礼上默默哭泣。当妈妈又一次被送进医院并一连住了十天的时候，为了以防万一，我动笔写了讣告，因为我知道对于这件事我也无能为力。喜与悲，生与死，光明与黑暗，总是相辅相成、密不可分。就是这样。

我的自我觉醒与母爱纠缠在一起。尽管这个过程耗费了我很多年时间，但我已不再是那个犹豫要不要锁上前门、关掉门廊灯的女人了。

我祈祷萨姆能在人生的地图上找到一个健康的坐标。在监狱和神职之间的某处就不错。

当我们在"书友会"聚会的晚上收拾餐桌的时候，我发现我宁愿收拾朋友家的厨房，也不愿打扫自己的厨房。别人家的糟心事总比自己家的有趣。我的朋友生了一对双胞胎。每当一个男孩打另一个的小报告时，她总会说："你不用替马歇尔操心。你只会担心杰克，一刻也不能停。"

神学家弗雷德里克·比克纳的表述更为精练："不要试图去保护和拯救，去评判和管理周围人的生活……别人的生活与你无关，那些都是上帝的事情。"

这句至理名言让我感到安慰，我一边将西莉斯特家的厨房台面擦干净，一边原谅了我自己。

第三十一章　四向连环车祸

正如我所预料的那样，由于交通信号灯短路，车辆在十字路口的正中央撞在了一起。

又是一场大混乱。

说来也怪，这件事的起因竟是为了让现有的事情更好办一些。

我们在乡下的那幢房子似乎有着无穷无尽的事情需要处理。每完成两个任务，就又会冒出来六个新的任务。能够住在这里，我觉得自己很幸运。早晨品尝咖啡的时候，能够透过厨房的窗户看见鹿在屋前漫步。我渐渐喜欢上了从谷仓的木板后面钻出来的红狐，这几年，我们一直在玩躲猫猫的游戏。我的邻居们会骑在马背上，沿着山脊漫步，午后西边的天空映出他们的轮廓。我在阵阵马蹄声中找到了安慰。马儿停下来吃草时，他们会一边冲我大声呼喊，一边挥手示意。

我像孩子般期待着蜂鸟的到来，它们将细长的嘴伸进我最喜欢的墨西哥鼠尾草的花朵里，准时宣告夏天已经来临。我也已经喜欢上了金妮的朋友泰森。几乎每天下午，这条迷你杜宾犬都会穿过牧场来找金妮。他沿着车道一路小跑而来时，金妮会竖起耳朵，迅速从门廊蹿出去，停下来调情般地摆摆尾巴，跟他打个招呼，然后便开始转着圈闻闻对方的屁股。

但是现在，我离开这里的时间更多。我常常匆匆锁好门，急急忙忙地离开家。我不是驾车行驶在高速公路上去看望我的父母，就是和罗伯特一起出差在外，组织临时路演，在东海岸沿线那些空荡荡的仓库里销售土耳其和摩洛哥地毯，或是去查尔斯顿，帮助夏洛特收拾她的新公寓。

我和我的房子已经无法再继续给予对方滋养了。我悄悄向我们的房地产经纪人透露了这一点。如果她能低调地将消息传播出去，我们也许还能请买家在家里吃一顿饭。罗伯特对搬家的事情并不怎么热衷，但最终他还是让步了，因为他知道这么做很有必要。

只要祈求，就会实现。房地产经纪人带来的第一对夫妇几乎已经看遍了这一带所有待售的房子。一周后，她给我们送来一份合同。突然之间，我们不得不做出又一个重大决定，现在，我们到底该去哪儿呢？

我的朋友卡梅伦将柏丽公寓称作"胶水工厂"。"你在开玩笑吧？那是中年人的牧场。"嗯，但是我们真的不想要一片需要花时间除草的草坪，一个会被水淹的地下室，或是一个需要重新铺瓦的老化的屋顶！柏丽公寓的宣传册大力倡导"锁门即走"的生活方式。最出人意料的是车库。一旦你将车子开进车库，按下遥控器，车库门就会关上，你的车就被藏在了一个安全的地方，而我们就能无忧无虑地享受乡间的宁静。现在，鱼和熊掌可以兼得了。朋友就住在附近，搭乘优步就能前往时髦的餐馆，而且因为有了车库，我们的隐私得到了保证。四天后，我们买下了这里。

我能处理好。搬家将是一项可怕的工程，可是一旦我们在"胶水工厂"安顿下来，生活就不会像以前那样复杂。接到格林维尔打来的紧急电话时，我的准备将会更加充分，说不定还能进行更多的锻炼。我告诉自己，我在简化生活，我在提高效率，我要扔掉多余的东西，更不用说第一次婚姻留下的一大堆鞋子和精美的瓷器了。

刚做完一件事，另一件事接踵而来，永远有做不完的事情。我发誓要系统地整理乡下这幢房子。每个周末，罗伯特回家之后就会发现又有一个房间空空如也。"你把桌子放哪儿去了？"他看着空荡荡的餐厅问道，"我们不是要和邻居们来一场告别晚宴吗？"

我挨家挨户地拜访了这些邻居，与他们告别，将耙子、多余的橡胶软管、树篱修剪机、有机杀虫剂和吹叶机送给他们。其他零零碎碎的东西全都给了当地的园艺工人。两个烧烤架分别送给了凯特和她的哥哥。感谢上帝，不用打理草坪，也不用每天开车十九分钟进城，我相信我会过得很好。

离开前几周，我继续挨个整理房间，把更多的家具送进储藏室，在一次性纸杯里搅拌油漆，修补家具破损的边缘。我制定了一个时间表和方案来抑制焦虑。但是爸爸打来的一个紧急电话开始让我心烦意乱起来。

妈妈摔断了髋骨。我们都知道会有这么一天。只有置换部分髋关节，她才有希望重新走路。事实上，只有这样，她才有可能活下来。在过去的七周里，我已经四次驱车六个半小时前往南卡罗来纳州。这将是第五次。

回到里士满，我每天都和爸爸通话，了解妈妈的情况。我又收拾了一些东西，修补了一些家具，然后把一两件东西扔进我的旅行包，因为我可能随时需要再去一次。几乎没有多余的时间收拾了。

手术造成了致命的感染，因此，妈妈被转到了临终关怀病房。每隔一天，她的临终关怀护士辛西娅就会打电话告诉我们她的最新状况。"还没到那一天。"她安慰道，"通常，提前一天左右，我们就能够看出来的。你母亲会让我们知道的。到时候会有明显的迹象，但是现在我还没有看到。专心搬家吧。现在情况就是这样。"

离搬家还剩不到一周的时间，我开始总结帕特说过的至理名言中最精华的部分：

"不要被困难压倒。

"把它分成一个个小任务。

"给自己定好步调。

"别慌。

"寻求帮助，雇一个帮手，这笔钱花得值得。现在最重要的是你的家庭，而不是东西。"

搬家的日子定在周五。我又一次想起了帕特的忠告：保持平静，心态积极，深呼吸，这一切都将过去，牢记最终的目标，不要被琐事困扰。

——

周日早上，我拨通了爸爸的电话。

"琳达？"他听起来有些灰心丧气，"不知道你妈妈昨晚是怎么熬过来的。我已经跟她道别三次了。"

我环视了一圈：码得整整齐齐的箱子，一摞摞书，拖着软管的真空吸尘器，一排光着脑袋的灯管（灯罩已经小心地用气泡膜包裹起来了）。

"……呼吸困难。我跟你说，她的情况一直在恶化。"然后，他突然打住了话头，"我知道你现在有很多事情要处理。"

"昨晚？"我有些发愣。

"我不知道该给你怎样的建议。"最后，他这样说道。

我像羊水刚破的孕妇一般，一把抓起旅行包，里面有长期陪护需要的瑜伽裤，一件深蓝色葬礼礼服（你永远不知道什么时候会用到它），一双既不太花哨又不太保守的葬礼鞋。时候到了，我知道。

罗伯特正忙着处理一场棘手的谈判。我急匆匆地穿过客厅，来到书房，顾不上敲门就推门而入。"我得走了。"

"去哪儿？"他正在翻找一堆文件，听到我的话，他抬头问道，好像我正打算出去喝一杯奶昔。

"回家，去格林维尔。我妈妈快不行了。我想可能就这几天了。"

刚通过 85 号公路的南向入口，我就拨通了房地产经纪人的手机，并留了言："我已经别无选择了。我现在要去格林维尔。我们得找人帮忙了。我的管家邦妮可以帮忙。

我们会通过电话处理整件事，我们能处理好的。基本上都已经收拾好了。"我刻意降低心跳的频率，一边试图迅速制订计划，一边断断续续地说道。

周二清晨的阳光将我唤醒。我震惊地发现自己竟然在父母家中睡了一夜。我蹑手蹑脚地走下楼，发现哥哥正坐在餐桌旁，浏览 iPad 上的新闻。"我在给辛西娅发短信，"我直接说道，没有跟他说早安，"晚上睡得好吗？无论如何，妈妈都不会轻易放弃的。所以，我们早上给爸爸放个假怎么样？我们一起去看她。"

我们三个人从未拉着她，不让她安心地离去。"也许她不想在爸爸面前放手。也许我们应该和她谈一谈，就我们俩。也许她需要更多的鼓励。也许，我需要和辛西娅谈一谈，就我一个人。"哥哥看着我的眼神就像是在询问，你想干什么？

我点击了发送按钮，随后又加了一句："我们怎样才能让妈妈知道，我们能够承受得了？"辛西娅回复了一个眨眼的表情。"明白了。十点见。"我回复过去。

我把头探进门里，示意辛西娅我们在大厅里等她。我们到病房的时候，她已经在妈妈身边测量生命体征了。房间里十分安静。

我和约翰准备去找椅子坐会儿。我们大约走了十来步，辛西娅就走出病房，快步追上我们。"我想她快不行了，心率有点低，过来陪陪她吧。"她做了一个欢迎的手势，"现在时间已经不多了。"

不要质疑辛西娅。她陪着许多格林维尔最优秀的人走过了生命的最后一段时光。她自信的权威不禁让我觉得，除非她点头，不然没有人敢离开这个世界。她知道自己在做什么。显然，与往常一样，今天这里也归她管。

由于妈妈术后感染，我们必须穿上无菌服、戴上手套才能进入她的病房。"该上场了。"我对哥哥说道。每次面对挑战的时候，我就会说这句话。我们"啪"的一声拉紧手套，系好腰带，犹如听话的孩子一般快步跟在辛西娅后面。我和哥哥分别在病床两边坐下之后，辛西娅低声说道："我在这里，不走。"她在角落里的躺椅上坐下。她很专业，知道什么时候应该隐身。

妈妈凭借着顽强的意志将空气吸入肺部，我们听见了她有规律的呼吸声。辛西娅已经确保她感觉舒适了。我不禁将死亡的过程与分娩的过程联系在一起，生命就在一呼一吸之间来来往往。

我和约翰每人握住她的一只手，在接下来的四十五分钟里，我们一直紧紧抓着不放。我们亲吻她的额头，告诉她我们爱她。每一次呼吸，我们都会测量时间，因为它们的间隔越来越长。我们笑了，我们哭了，我们谈论了她的固执——以及我们的固执。

我们告诉她，我们会好好照顾爸爸。我们提醒她，她已经领过圣餐，并且和所有孙子、孙女交谈过，就连萨姆也获得了特别许可，专程从丹佛监狱打来电话。萨姆与她告别时，她和蔼地倾听。

我开玩笑说，她的妈妈一定在洗牌，准备邀请她一起在天堂打桥牌。她的爸爸和哥哥一定准备好了故事。他们的口才绝对可以与任何单口相声演员相媲美。"布利正在天上讲述那个老掉牙的故事，妈妈，你还记得吗？"

现在，她大约每隔十五到二十秒呼吸一次。每次呼吸之后，我们都在等待。哥哥抬头，看了我一眼。当间隔延长到三十秒的时候，我们扭头望向辛西娅。她从膝盖上的记事本上抬起头，迎着我们的目光，默默地摇头，还没到时候。

就在这时，妈妈突然倒抽了一口气，随后，她安静下来。彻彻底底、令人痛苦的沉默。五天来，她第一次睁开淡褐色的眼睛，视线向天空飘去。我伸出另一只手，紧紧抓住病床那边哥哥的手。这一次，断断续续的呼吸变得越来越微弱，越来越慢。就在一瞬间，仿佛整个世界都安静了。之后，她的胸膛再也没有了起伏。

辛西娅点点头，站起身来。她伸手拿起听诊器，戴好听筒。"让我检查一下。"她张开嘴，用几不可闻的声音说道。她弯下腰，轻轻将听诊器放在妈妈胸口上，仔细倾听，然后摘下听筒，慈爱地看着我们。

"她走了。"

我仍然一手紧紧拉着妈妈的手，另一只手紧紧抓着哥哥的手。我把前额贴在他的手上，用尽全力攥紧拳头。感觉到她的身体渐渐变冷，我终于承受不住，声音嘶哑地哭出声来。

我悲痛欲绝，泪眼婆娑地看着我唯一的哥哥。

"你可以打电话给爸爸吗？"

第三十二章　你一定想知道

　　为什么我要把自己的故事记录下来，出版并传播出去？天知道我的读者会是哪些人？是什么促使我分享自己最不体面的记忆？我并不因为自己对五年级的孩子大发脾气而感到骄傲。为什么要提起失败的第一次婚姻？为什么要讲述我在精神病院度过圣诞节的事情？这些故事可不是什么值得骄傲的事情。

　　"你一定想知道我为什么要说出来，"罗伯特·古尔里克在回忆录《我们所知的世界末日》（*The End of the World as We Know It*）中写道，"你一定莫名地对自私的行为、遭受的伤害和旧事重提的痛苦感到好奇。"

　　我想要说给那些隐形的毒瘾受害者听：那些抱着完美的新生儿，流下感激的泪水的母亲。她们曾在凌晨三点将醒来的孩子抱出摇篮，用毯子将他们裹好，然后蹑手蹑脚地下楼，蜷在沙发上，直到孩子重新睡着。我们是如何走到这步田地的？我们全心全意地养育自己的孩子，我们究竟是哪里出了错？

　　我想要说给所有生活在这个不断变化的世界中的年

轻、天真的夫妇们听，他们都梦想着生一个可爱、健康的
宝宝。

我想要说给那些从未见过毒瘾丑恶一面的人听。

我想要说给那些从未见过孩子将毕生精力投入到工作
并中的父母听。我想要把这些故事说出来，以免这些父母
再也没有机会享受自己的生活。

我之所以想要说出来，是因为我曾不止一次绕过马路，
只为避开善意的朋友。对不起，当你总是带着善意问起萨
姆的时候，我没有勇气——至少在那一天——挤出笑容，
转移话题。

我之所以想要说出来，是因为总有人会在我的生活本
就已经够糟的时候，拿着一把铝制草坪椅硬生生地闯进来，
然后便赖着不走。每当他表现得特别消极对抗，或者仅仅
只是无聊的时候，就会停止修剪参差不齐的指甲，抬起头，
得意地扭过头喊道："你确定你尽力了吗？有没有落了哪
个专家？是不是忘了传达什么有益的建议？"他会坐在椅
子上扭扭身子，然后补充道，"你不是订了一本关于这方
面的书吗？"然后，他会停下来，挠挠背心下面毛茸茸的
大肚子，"只是好奇而已。"

我之所以想要说出来，是因为我仍然为我不了解的儿
子感到悲伤。"直面死亡比直面痛苦更容易，"古尔里克
还写道，"因为死亡不可挽回，悲伤也会随着时间的推移
而减轻，但痛苦往往不会减弱，也无法治愈。"有时，我
认为死亡——不论是我还是萨姆——反倒更好。至少，死
亡可以结束一切。那样的话，追悼会将是一场欢送派对。

　　我想要说给那些沟通不畅的父母听。不管他们的婚姻是完整还是支离破碎，为了他们的孩子，我希望他们能够愉快地合作。

　　我想要说给那位近四年来从未见过自己第一个孩子的母亲听。她想象不出晚上他会睡在何处。她渴望能够寄给他一张有趣的卡片或是一封鼓励的信件，可是她根本不知道应该寄往何处。她不知道儿子的朋友是谁，也没有他们的手机号码，万一有紧急情况，她根本不知道该联系谁。

　　我之所以想要说出来，是因为毒品会要人命，吸食过量导致死亡并不是无稽之谈。只有运气好的人才能躲过这一劫。

　　我之所以想要说出来，是因为我全心全意地爱着我的儿子，并祈祷他的故事能有一个幸福的结局。

　　我想要说给那些"希腊合唱团"和旁观者听，他们也许能够生出同情之心。因为我们无法知道紧闭的大门外面会发生什么，即使那扇大门的两边摆满了铁艺花盆，里面盛开着凤仙花和三色堇。

　　我想要说给所有的老师听。他们每天工作八个小时，把一切都献给了像我儿子这样固执的孩子，期待其中一些人会发生转变。

　　我想要说给每一位敢于在今晚早些时候对孩子发出强烈警告的家长听。现在，他们都在家里来回踱步，看着厨房墙上的时钟"嘀嗒、嘀嗒"地走过宵禁时间，感觉自己是那么的虚弱、渺小与无助。他们知道现在应该关掉门廊灯并锁上前门。然而，他们依然在犹豫不决。我之所以想要说出来，是因为他们必须这么做。

我想要说给那些受到附带伤害的兄弟姐妹听。他们做出的牺牲比我们所知的还要多，因为在他们生活的世界里，自己的瘾君子兄弟姐妹也是精力充沛的吸血鬼。

我想要说给那些打开支票簿，希望这一次能够用钱买到解决方案的父母听。

我想要说给那些深陷法律泥潭的瘾君子听，他们找不到从头再来的方法。有一些辅助服务可以帮助他们一步一步迈向成功，想办法加入教堂、匿名酗酒者协会、戒毒互助所并寻求帮助。他们必须这样做。

我想要说给那些被自己所爱的孩子吓到的父母听，你们并不孤单。

我之所以想要说出来，是因为我在教堂地下室召开的匿名酗酒者协会的会议中度过了一个又一个小时，一周又一周，一年又一年，后来与"书友会"一起阅读梅洛迪·贝蒂所写的书。这样，有一天我也可以为我爱的人，为需要我和爱我的人疗伤。我不愿意输给毒瘾，让它连赢两次。

我之所以想要说出来，是因为不将帕特关于治疗的睿智之言与人分享是一种自私的行为。她太优秀了，我希望能够有更多的人得到她的帮助。在她的帮助下，我找到了自己的声音以及发声的勇气。它能够赋予我力量，并鼓励他人不再否认他们的故事，而是直面人生。

我之所以想要说出来，是想让所有需要听到这个声音的人们放心，在某个地方，总有一位体贴的专业人士愿意在你痛苦的时候陪着你。当你觉得自己足够强大并摇摇晃晃地向着康复之路迈出第一步的时候，这个人依然会在背后支持你。这些人都是天使，你要知道这一点。只要你愿意向他们敞开心扉，他们就会救你。

我之所以想要说出来，是想要祈祷自己的喉咙可以不再哽咽，腹部的疼痛可以缓解。

我之所以想要说出来，是因为古尔里克总结道："因为我真心相信有一首歌是永恒的。"每个人都知道一首歌能让一切好起来。有时候，只有它能够做到这一点。

我之所以想要说出来，是因为我是一位母亲，因为母性而变得谦卑。

我之所以想要说出来，是想要提醒你把自己放在第一位。如果我们自己的身心都不健康，又如何能对别人有所帮助。

我之所以想要说出来，是因为我完成了我曾以为不可能完成的任务：既然无法改变别人，那就改变自己。我已经踏入了希望之地。希望和信念支撑着我。

尽管如此，有时，我的灵魂依然会受到伤害。可是每当日出的时候，我都会打开收音机，找到一首最喜欢听的歌，迎接崭新的一天。

致谢

这本书的出版离不开许多人的努力。下面列出的所有人都为此做出了宝贵的贡献，我向他们表示衷心的感谢！

特约编辑康斯坦斯·科斯塔斯

《小星星通信》的乔妮·阿尔布雷克特

萨姆、夏洛特和斯图尔特

罗伯特

芭芭拉和唐·哈里森

特里西娅和唐尼·哈里森

"书友会"的西莉斯特、兰、露丝和萨莉

帕特·巴克斯顿

马蒂·巴克斯顿

金柏莉·道尔–斯派克

伊丽莎白·科加·巴蒂

米莉·凯恩

阿什利·法利

朱迪·弗洛尔

贝丝·门罗

卡罗尔·维格

洛娜·威科夫

塔克霍湾建筑公司的劳里和格雷·斯特蒂纽斯

摄影师基普·道金斯

摄影师塔莎·托利弗

布兰奇营销公司的玛莎·布兰奇

前沿新闻小组：

梅甘·赫伦、卡梅隆·休斯顿、埃琳·莱恩、泰勒·皮尔金顿以及凯瑟琳·舒特